D E A R + N O V E L

征服者は貴公子に跪く

いつき朔夜
Sakuya ITSUKI

新書館ディアプラス文庫

S H I N S H O K A N

征服者は貴公子に跪く

目次

イラストレーション／金ひかる

征服者《せいふくしゃ》は貴公子《きこうし》に跪《ひざまず》く

The conqueror kneels to the prince

控《ひか》えめなノックに「どうぞ」と応じると、執事のヘルムートが入ってきて、一礼した。

「車が敷地内に入ってまいりました。そろそろ……」

パウルは小さく溜め息をつき、古めかしいライティングビューローの前から腰を上げた。

八割がた銀色になった髪をオールバックに整えた老執事は、小柄《こがら》な背をしゃんと伸ばしてかしこまっていた。目元や口元にはさすがに深い皺《しわ》が刻まれているが、額はつややかで、はしばみ色の目は生き生きとしている。このさき、まだ十年は執事が務まっただろう。

あらためて痛恨の思いが込み上げてきた。

「とうとうこの日が来てしまったね……。すまない。長いこと仕《つか》えてくれたのに、忠義に報《むく》いることもできなくて」

「何をおっしゃいます、ぼっちゃま」

彼は慌てて言い直した。

「だんなさま」

パウルはほろ苦い笑みを浮かべて遮《さえぎ》った。

「もう『だんなさま』ではないよ」

いいえ、と老執事は強く首を振った。

「売却《ばいきゃく》手続きが済むまでは、あなたさまがこのゴルトホルン城の主《あるじ》でございます。二十代続いた、ヒルシュヴァルト侯爵家《こうしゃくけ》の正当なお世継ぎ……」

ヘルムートは声を詰まらせた。

十七世紀半《なか》ば、三十年戦争のころにヒルシュヴァルト家初代のヨハン一世が旧教徒派の騎士として、この中央ドイツ・シュヴァルツヴァルトの地に軍を進めてきた。敵方から奪った城のうち、城砦《ブルク》というよりは城館《シュロス》というべきゴルトホルン城に、ヨハン一世は家族を住まわせ、戦いに疲れた身を休める場所とした。やがて平和が訪れたとき、彼は深い緑に包まれたこの城を一家の居城《きょじょう》と定めたのである。

そして二度の大戦を越え、一九八〇年代の今日《こんにち》まで、ヒルシュヴァルト家はこの地で生きてきた。封建体制が崩壊《ほうかい》し、「領主」ではなくなってからも、「お館さま」として土地の人々に重んじられてきたのだ。

それも今日で終わりだと思うと、先祖に申しわけない気持ちで一杯になる。ヘルムートに慰《なぐさ》められると、なおさら辛《つら》い。

老執事はひとつ咳払《せきばら》いして、

「私どものことはどうぞご心配なく。私はカッセルの妹夫婦のところへ参りますし、ハンナはハンブルクに息子がおります。先代さまが年金の手配をしてくださいましたから、じゅうぶん暮らしていけます。ぼっ……だんなさまのお身の上の方が気がかりでなりません」

それが口先だけのお愛想でないことは、パウルにはよくわかっていた。

二十四年前の大雪の日、母が急に産気づき、パウルは父母の寝室だった『瑠璃《るり》の間』で産声《うぶごえ》をあげた。医者が間に合わず、そのころまだ四十そこそこだった執事のヘルムートと家政婦のハンナが取り上げてくれたのだ。

親にも等しいそんな二人を解雇《かいこ》しなくてはならないのを思うと、心苦しくてならない。通いで雑用を引き受けてくれていた村の夫婦者は一年ごとの契約だったから、「もう来なくてよい」と言い渡すのに、たいして胸は痛まなかったが。

むしろ彼らの方が、気の毒そうにパウルの前で目を伏せた。そのときは、使用人に憐《あわ》れまれる自分の身の上を恥ずかしく思って平静を保ったが、ヘルムートやハンナの前では、つい泣き言を漏《も》らしてしまいそうになる。

パウルはあえてヘルムートと目を合わさず、開いたドアから廊下に出た。そして、階段の踊り場でいったん足を止めた。大きな姿見で自分の身なりを点検する。栗色のゆるい巻き毛がひとふさ額にかぶさっているのをほっそりした指先ですくい上げ、ジャケットの襟《えり》をぴんと引っ張ってから、鏡に向かって微笑《ほほえ》んだ。落ち込んだり取り乱したりしたところをあの男に見せてたまるものかと思った。

弱い午後の日差しが差し込むホールの、孔雀石《くじゃくいし》の嵌《は》まった床に降り立ち、静かに待つ。外で車のエンジン音が止まると、ヘルムートは重い樫《かし》の扉を開けた。

車寄せに横付けされた黒いベンツから降り立ったのは、上背《うわぜい》のある美丈夫《びじょうぶ》だった。張りのある皮膚《ひふ》は淡い琥珀色《こはくいろ》だが、目鼻だちはくっきりとしていて、東洋人にしては彫りが深い。艶《つや》やかな黒髪は後れ毛ひとつなく撫《な》でつけられて、賢《さか》しげな額と漆黒《しっこく》の瞳を遮《さえぎ》るものはなかった。

この男に会うのはこれで三度目だ。牟田槙一郎《むたしんいちろう》。日本でも有数のホテルチェーンの後継者である。東洋人は若く見えるというが、その若々しさを老成した雰囲気《ふんいき》が相殺《そうさい》していて、本当は何歳なのかちょっと判断がつかない。

晩秋の冷気をまとって踏み込んできた男に、パウルはさっと手を差し出した。

「ミスター・シン、お待ちしておりました」

相手は悠々と鹿皮《しかがわ》の手袋をとり、パウルの手を握った。

「お出迎えありがとう」

にこりともしない。態度こそ丁重《ていちょう》だが、その無愛想な表情には、周囲の空気を固めるような威圧感《いあつかん》がある。

パウルは、それほど多くの日本人を知っているわけではない。しかし、ゲッチンゲンの大学にいたとき、日本からの留学生たちとは多少つきあいがあった。彼らが男女を問わず、いつもにこやかでよくうなずくので、日本人は愛想がいいという印象を持っていた。だから、牟田の冷淡といっていいほど素《そ》っ気《け》ない態度には、とまどいを禁じえなかった。

いつも牟田に随行《ずいこう》している秘書の方は、愛想よくお辞儀《じぎ》をしてきた。パウルは「ようこそ、ミスター」とだけ声をかけた。この若い男の名前がとっさに出てこないのだ。日本人の名前は覚えにくくていけないと、ヘルムートもこぼしていた。

その意味では、牟田という名前は耳に馴染みがある。初めて名乗られたときは驚いた。ドイツ語では「ムタ」は「母」を表すからだ。

「ムタと呼びかけるのは、あなたを『ママ』と呼ぶようでどうも……」

パウルが逡巡《しゅんじゅん》していると、牟田は「名前で呼べばいいでしょう」と返してきた。しかし「シンイチロ」も発音しにくい。舌をもつれさせるパウルに対して、相手は「シンでけっこう」と気短に切り上げた。それ以来、パウルはこの日本人を「ミスター・シン」と呼んでいる。

牟田とはおもに英語で言葉を交わしていた。秘書の方は少年時代デュッセルドルフにいたとかで、かなり本格的なドイツ語を話すが、牟田は英語の方がずっと流暢《りゅうちょう》だ。

いっぽうパウルは、幼いころから英語やラテン語の教育を受けている。ネイティブほどではないが、牟田のドイツ語よりはるかにましである。必然的に英語が二人の共通語となったのだ。

牟田の英語は歯切れがよくて、アクセントは平坦《へいたん》だ。アメリカ人の癖《くせ》の強い英語より聞き取り易《やす》い。目を閉じて仏頂面《ぶっちょうづら》を見なければ、耳に快《こころよ》い声でさえある。

その声がせっかちにパウルを促《うなが》す。

「早速ですが、契約のサインはどちらで?」

ヘルムートが心得て、ホール横手の応接間に続くドアを開けた。そこは壁面を大小の古い鏡で装飾した小部屋で、寄木細工《ざいく》の床の上に瀟洒《しょうしゃ》な丸テーブルとゴブラン織《おり》を張った椅子が何脚か並べてあった。

中央の丸テーブルに向かい合って座ったところで、牟田は秘書に簡潔な指示を出した。

「薬師寺《やくしじ》。書類をここへ」

秘書が持参した契約書を差し出してくる。

英語で書かれた文面を、眉《まゆ》を寄せて読んでいると、横合いから秘書に言葉をかけられた。

「ドイツ語に翻訳すべきでしたか？」

「いえ、これでけっこうです」

すべてを売り渡すのに、細かい条項を読んでもしかたがないと思った。売却の総額が間違ってさえいなければ問題ないのだ。

きっかり五百万マルク。日本円にして三億を越える。贅沢《ぜいたく》さえしなければ、パウルが一生働かなくても暮らせるほどの金だ。もっとも、その大半は借金の返済に充《あ》てなくてはならないのだが。

しかし、この古い小さな城にそれだけの価値があるものだろうか。この後ホテルとして営業できるよう手を入れるのに、おそらく同じくらいの費用がかかることだろう。金で買えないものはないと言わんばかりの態度にはいささか反感を覚えたものの、それだけの金をためらいもなく動かすこの牟田という男に、パウルはむしろ驚嘆《きょうたん》の念を抱《いだ》いていた。

代価はスイスの銀行を経由して、ヒルシュヴァルト家の口座に入金されることになっている。だが、借金を返したら残りはわずかなものだ。それで食いつないでいる間に何か職を探さねばならない。近くの町に、安い下宿を見つけられて良かった……。

そんなことを考えながら、パウルはサインを済ませた。これで本当にこの城は自分の手を離れるのだ。

十九の年から四年間、大学で寮生活をしたほかは、ずっとここで育ってきた。ギムナジウムも、地元のそれに城から通った。

父母も祖父母も曾祖父母も、そうやってこの地に根を下ろして生きてきた。自分もここに妻を迎え子供を育て、後の世代によりよい形で城を残していきたいと願っていたのだ。

子供のころからの許婚《いいなずけ》も、さぞ嘆《なげ》いていることだろう。城主の妻となるべく淑女《しゅくじょ》の教育を受けてきたというのに、先の見通しのつかぬ事態になってしまった。破談を申し渡されても文句は言えない。

パウルはこみ上げてくるものを呑み込んだ。泣くまい。未練な態度は見せまい。この傲慢《ごうまん》な男にだけは。

といっても、牟田がとりたてて傲慢だというわけではない。金にものをいわせる点では、アメリカ人も日本人も似たようなものだ。

初めに話に乗ってきたのは、アメリカの大手企業だった。従業員のための保養所にしたいという申し出は、手放す身にとって外聞の悪いものではなかったし、提示してきた金額も、後から割り込んできた牟田と大差なかった。

ただ……アメリカ人は、「これだけの地所があれば、森を切り開いてゴルフ場が作れる」と言ったのだ。森を伐採《ばっさい》されたら、ヒルシュヴァルト家の旗印ともいうべき野生鹿の群れは追い払われてしまう。

ひきかえ牟田は、「森の中の城とは、『いばら姫』のようですね。メルヘンを求める客にはさぞ喜ばれるでしょう」と、森をそのまま残す意思表示をした。そのことにパウルは心を動かされた。

それだけでなく、メルヘン云々の発言が無愛想な風貌《ふうぼう》とあまりにもそぐわなくて、パウルはこの男に強く興味を引かれた。その人柄をもっとよく知りたくなったのだ。冷たく閉ざされた扉の向こうには、豊かな人間性が隠されているのではないか。たとえば、ごつごつした石の壁に囲まれた廃園に、思いもかけず愛らしい花々を見出《みいだ》すことがあるように。

メルヘンを求めるのは客であって、経営者たる牟田にはメルヘンの要素など欠片《かけら》もない。そのことに気づいたのは、アメリカ人を断って、牟田と正式に交渉に入ってからだった――。

契約書の控えと引き換えに、パウルは鍵束《かぎたば》を差し出した。

「これが鍵です。城門、瑠璃の間、翡翠《ひすい》の間、食堂……鍵のない部屋もありますが」

牟田は、いったん手にした鍵束をパウルの方に押し戻してよこした。

「あなたの部屋の鍵はとっておかれてはいかがです」

パウルはいぶかしく思って問い返した。

「私の部屋とはどういうことです？　私は町にもう下宿を決めてありますが」

「出ていくと言われる？」

「当然でしょう。私はもうここの主人ではありません」

「そのとおりです。主人は私だ。しかし……契約書をよくごらんになりましたか」

仏頂面《ぶっちょうづら》にかすかな笑みが浮かんだような気がした。胸騒ぎを覚えて、パウルは契約書の控えに目を落とした。自分の名前はすぐ目に入ってきた。

『……なお、パウル・フォン・ヒルシュヴァルトは引き続きゴルトホルン城に居住するものとする』

パウルは何度もその一文を読み返した。

この期《ご》に及んで未練と思われたくないという見栄から、契約書の条文をさらりとしか見ていなかった。また、どうせ「早々に立ち退くべし」といったことが書かれているのだろうと思い込んでいたのだ。

それにしてもなぜ、自分がこの城に住むことが売買契約書に明記されているのか……？

混乱を取り繕《つくろ》うこともできず、パウルは眉をひそめて牟田を見返した。相手は鷹揚《おうよう》にうなずき、平然とした顔でとんでもないことを言い出した。

「意味がおわかりですか。私はこの城をあなたも込みで買ったのですよ」

「――なんですって？」

「失礼、『買う』とは言葉が過ぎました」

吸っていいかとも聞かず煙草《タバコ》に火をつけると、牟田は美味《おい》しそうに吸い込んだ。失礼などとはみじんも思っていない態度だった。

ふーっと煙を吹き出し、講釈《こうしゃく》を垂れる。

「ホテルというのは、日常から離れた空間、いわば夢の舞台のようなものです。役者が貧弱では、せっかくの豪華なセットが薄っぺらな書割《かきわり》になってしまう。だから私は、ホテルの従業員たるものは、自分の役を完璧《かんぺき》に演じるべきだと考えています。今回は『城』というセットですから、ここは元城主に『城主』役を演じてもらおうと。つまりあなたは、城の看板というわけです」

「看板……ですか」

あまりに突飛なことを言われ、パウルはどう考えたらよいかわからず、オウム返しに呟いた。

牟田は、ぐっと身を乗り出してくる。

「私はこの城を、乙女《おとめ》のロマンチックな夢を叶《かな》えるようなものにしたいのです。それには、いわゆる『白馬に乗った王子さま』が欠かせない。かといって、どこぞの古城ホテルのように、よそから見目よい若者を雇ってきて騎士の格好をさせるようなことはしたくない。……もっと便利のよい所で売りに出されている城もないわけではなかった。その中でここを選んだのは、ひとつにはあなたが城主だからです。偽《にせ》ブランド品ではなく、この城にはあくまで本物の輝きを添えたい。日本人はブランドにこだわりますからね」

値踏みする目がパウルの顔を正面から見据《みす》えた。マイセンの陶器でも鑑定《かんてい》するように、冷徹《れいてつ》な声で言い放つ。

「さすがに本物の貴族です。あなたには身についた気品というものがある。それにその――白い肌《はだ》」

北方の人種ほどではないが、目の前にいる日本人に比べれば、たしかに自分は色白だろう。不躾《ぶしつけ》に見つめられて、頬がうっすら熱を持つのがわかった。

牟田はパウルの顔から目をはずさないまま、目録を読み上げる調子で続けた。

「青い目」

パウルの目は黒っぽく見えるが、陽に向かうと濃い青なのがわかる。亡き母は「ラピスラズリのようね」と讃嘆《さんたん》したものだ。

光を吸って輝きを増すパウルの瞳に対して、牟田の双眸《そうぼう》は光を撥《は》ね返《かえ》す黒真珠だ。その眼差《まなざ》しに射すくめられて固まっていると、相手は無造作に手を伸ばしてきた。耳の横で少し跳ねるひと房の髪を摘《つま》み、

「綺麗な色だ。……金髪なら完璧だったんだが。つかぬことをうかがいますが、下の方も髪と同じ色ですか?」

一瞬何を言われたのかわからなかった。だが相手の目にからかいの色を見てとったとき、パ

ウルは椅子を蹴って立ち上がっていた。

「無礼なっ！」

牟田は腰を下ろしたまま平然と見上げてくる。

「けっこう。王子さまはそのくらい毅然《きぜん》としていなくてはね。失礼ながら、あなたは少々人が好《よ》すぎるようだ」

何のことを言われているかわかって、パウルはきつく唇を噛《か》んだ。

城を手放さざるを得なくなった事情は詳《くわ》しくは話していないが、この抜け目のない日本人はきっと独自に調査でもしたのだろう。

両親が航空機の事故で亡くなったとき、パウルはまだ十五歳で後見人を必要とした。父の弟がその任に当たったのは自然の流れだったのだが、大学に行くとき、成人するまでの後見に加えて留守を頼むつもりで全権委任状を書いたのが間違いだった。

ヒルシュヴァルト家の生計は、ライン川沿いに所有していた広大な葡萄畑《ぶどうばたけ》と醸造所《じょうぞうじょ》からの収入で賄《まかな》われていた。そこからパウルの学費を差し引いた残りは、叔父が管理することになった。

だが大学を卒業して故郷に帰ってみると、それらはすでに人手に渡っていた。叔父が勝手に売却してしまったのだ。

たまに叔父から来る手紙には、「城が老朽化《ろうきゅうか》して、修理に金がかかる」と書かれてはいた。

じっさいには、葡萄畑の収益から売却の代価にいたるまで、ほとんど叔父の事業の穴埋めに使われていたということは、後で弁護士に知らされた。そして叔父はヒルシュヴァルトの資産を費消しただけでなく、借金までパウルにしょわせて行方《ゆくえ》をくらましたのだった。

パウルは悠然とした牟田の態度に気勢《きせい》を殺《そ》がれ、またいくらかは忸怩《じくじ》たる思いもあって、目で促《うなが》されるままに元の椅子に戻った。

相手はビジネスライクに話を進めてくる。

「これは、あなたにとっても悪い話ではないでしょう？　ここに住めば、ほとんど生活費はかからない。そして、『王子』を演じていただくにあたっては、報酬《ほうしゅう》もお支払いしますよ。そう……大卒の若者の初任給くらいは」

パウルは頑《かたく》なにうつむいた。腹の中では嵐が吹き荒れていた。

ヒルシュヴァルトの当主は、代々領地を管理し領民を守ることで貢納《こうのう》を得てきた。今はもう中世ではないのだから、領主も領民もない。貴族であっても、何らかの現金収入の道は必要だった。それが葡萄畑でありワインの醸造だったわけだ。パウルが大学で経済や貿易を学んだのも、いずれは自分でワインの製造と販売を管理することになると考えたからだった。

その道が断たれた今、他に職を求め、自分の能力を提供し、それに見合った報酬を得るのは、少しも恥ずかしいことではない。だが相手は、能力ではなく血筋や見かけを売り物にせよと言っているのだ。

みじめだった。学校を出たばかりの世間知らずな自分など、この男には空《から》っぽの器としか見えていないに違いない。「込みで買った」というのも、詫《わ》びはしたが本音だろう。

それでもパウルは、深呼吸して少し冷静さを取り戻した。居住地の自由というドイツ国民の権利がある以上、いくら契約書があろうと強引に自分を留めることはできないはずだ。

そう言おうとして、パウルはきっと顔を上げた。

その機先を制するように、牟田はいきなり言い出した。

「あの執事ですが」

部屋の隅に控えるヘルムートは、英語はほとんどわからない。それでも、自分のことを言われているのはわかったと見えて、直立不動のまま、目だけ不安げにこちらへ向けてきた。牟田はその視線を受け止めてうなずいた。

「いかにも名家の執事らしい雰囲気があります。彼もいい役者になってくれるでしょう」

パウルは目を瞠《みは》った。

「ヘルムートを雇うとおっしゃるのですか」

「このまま残ってもらえればありがたいと思っていますよ」

思いがけない申し出だった。パウルの心はぐらりと揺れた。

ヘルムートは妹夫婦の世話になるから心配ないと言うが、ささやかな年金だけでは、やはり肩身の狭《せま》い思いをするだろう。できれば、まとまった慰労金《いろうきん》も持たせてやりたかった。それが叶わないからには、慣れた職場でなお数年働ける方が、ヘルムートにとっては幸福なのではないだろうか。

そう考えたとき、もう一人の使用人の姿が頭をよぎった。言葉が口をついて出た。

「では、ハンナも雇ってくださいますか」

牟田はわずかに眉を寄せた。

「ハンナ、とは？」

パウルは、今ごろは台所にいるはずの家政婦のことを簡単に紹介した。働き者であること、若い身空で未亡人になってからずっとこの城に勤めていること、コルドンブルーを出たといっても通るほど料理がうまいこと。

牟田はちょっと考え込んでから、こう訊《き》いてきた。

「その女は、年はいくつですか」

あまり老いていては仕事ができまいというのだろうか。パウルは熱心に言った。

「五十をいくつか出ていますが、まだまだ元気です。早くに親元を離れた息子とはすっかり疎《そ》遠《えん》になっていて、ここを出されても頼っていきにくいのではないかと」

「息子がね」

牟田は小さく吐息《といき》をついて眉をひそめた。彼がなぜそこに引っかかるのかわからない。そんな不審を覚えたパウルの眼差しを撥ね返すように、牟田はきびきびと確認をとってきた。

「執事と家政婦。その二人を残すならあなたも残る、ということですか？」

そう問いかけられたとき、これは自分が条件を提示したことになるのではと気づいた。ならば、相手の情けにすがるのではなく、対等な取り引きだと言える。それに自分が折れれば、親とも思う二人の老いた召使《めしつかい》に安住の場所を約束できるのだ。

パウルはとっさに腹を決めていた。

「はい。私たちは家族のようなものですから」

パウルの決意を冷やかすかのように、牟田は唇の片端を吊《つ》り上《あ》げた。

「ノブレス・オブリージュとか言うヤツですね。お優しいことで」

笑みの一種ととれなくもない小皺《こじわ》が、鼻の付け根に寄った。牟田のもの言いは冷淡で意地が悪かったが、不思議なことにパウルにはそれがいっそ心地よかった。

パウルがこういう境遇に置かれてからというもの、周囲は誰も彼も腫《は》れ物《もの》に触るような接し方をしてきた。だが牟田はそうではなかった。パウルの事情に斟酌《しんしゃく》することなくビジネスに徹《てっ》する態度は、冷たくはあるが公正なものだ。そんな牟田に対していると、寒風にあえて素肌をさらしているような痛快ささえ感じる。

中途半端な温《ぬく》もりより、肌を鞭打《むちう》つ寒風の方が冬という季節にふさわしい。人生の冬、ヒルシュヴァルト家の冬を迎えている今は、甘んじてそれを受けよう、とパウルは思った。

翌日の午後、牟田《むた》は滞在していたシュトゥットガルトのホテルを引き払って、ゴルトホルン城に移ってきた。薬師寺《やくしじ》という名のいつもの秘書とともに。

だが、意外に荷物は少なかった。大きなスーツケースが一つとボストンバッグが二つ。

パウルは「おや」という顔をしてしまったのかもしれない。牟田は傲然《ごうぜん》と見返してきた。

「入用なものは、現地で調達する主義でしてね」

そう言う男の着ているものは、なるほどメイド・イン・ジャーマンの革コートだった。

「大した荷ではないが……どこへ運ばせればよろしいかな？」

パウルは執事を目で促《うなが》した。ヘルムートがスーツケースに伸ばした手を、薬師寺は快活に遮《さえぎ》った。

「僕が運びますよ、ご老体。ご案内くだされば」

「ご老体」が癇《かん》に障《さわ》ったのか、ヘルムートは口をへの字に曲げた。そのまま無言で、奥の螺旋《らせん》階段へと先に立っていく。牟田と薬師寺の後から、パウルも階段を上った。

城はこの螺旋階段のある「塔」を中心として左右に二階建ての翼を広げている。塔の最上部はせいぜい地上三階ほどの高さだが、なだらかな丘の上に建っているため、壁の小窓からは広がる森が遠くまで見渡せた。

塔には続き部屋が一つあるだけだ。『瑠璃《るり》の間』と呼ばれる、歴代城主夫妻の居間と寝室だった。パウルはその部屋を牟田に明け渡すことに決めて、朝のうちに整えさせておいたのだ。

ヘルムートがドアを開けて身を退く横を、牟田は一歩踏み込んだ。そして、やや硬い顔でパウルに振り向いた。

「ここはご両親のお部屋だったと聞きましたが」

「ええ。一番いい部屋です」

「それを私に？」

こちらの意図を探ろうとするような油断のない眼差《まなざ》しだった。パウルはそれをまっすぐに受け止めて答えた。

「当然です。この城はあなたのものなのですから」

卑屈《ひくつ》な気持ちではなかった。すでに自分のものとなった城をどう使おうと、この男の自由だ。ならば、奪われる前に差し出した方が、パウルも恨《うら》みがましい気持ちを抱《いだ》かずに済む。

牟田はわずかに目をそばめた。

「それで、あなたの部屋は」

「東翼二階の琥珀《こはく》の間ですが。すぐ召使用《めしつかいよう》の離れに移ります」

牟田は開いたままのドアをとんとんと指で叩き、しばらく考え込んだ。そしてこう提案してきた。

「では、とりあえずそこを私が使いましょう。あなたはこの部屋で暮らしなさい。そう……開業して客を入れるまでは」

覚悟を決めて差し出したものを、あっさり投げ返されたように思って、パウルは抗議の声を上げた。

「私はいわば居候《いそうろう》です。あなたよりいい部屋で暮らすなど、許されることではありません」

牟田は噛んで含《ふく》める調子で返してきた。

「言ったでしょう。あなたは王子だ。塔に住まうのは高貴な方と決まっている。この部屋はあなたにこそふさわしい」

これで話はついたと言わんばかりに手を振り、薬師寺に荷物を運ばせようとする。パウルは慌てて引き止めた。

「では、しばらくこちらでお待ちを。私の部屋を片付けてきます」

ヘルムートは東翼に向かうパウルと途中で別れて、さらに階段を下って行った。琥珀の間のベッドメイクをさせるために、ハンナを呼びに行ったのだ。

パウルは自分の部屋から荷物を運び出し、廊下に並べた。もともと城を出ていくつもりでまとめてあったから、たいして手間はかからない。

遅れてきたヘルムートと二人、瑠璃の間へと荷を運ぶ途中でハンナと行き会った。洗濯済みのリネン類を山のように抱《かか》えて、のしのしと歩いてくる。彼女はわきに退いてパウルを通しながら、はずんだ声をかけてきた。

「ようございましたねえ。だんなさまが使用人部屋でお暮らしになるだなんて、とんでもないこった。あのニッポン人、なかなか話がわかるではねえですか」

パウルは微笑《ほほえ》んでうなずいたが、そう単純に喜ぶ気にはなれなかった。瑠璃の間もまた、牟田にとっては「セット」なのだろう。自分はそこに小道具として配置されたに過ぎないのだと思った。


秋の日は暮れるのが早い。衣装箱や本を整理しているうちに、夕食の時間になっていた。

ヘルムートが瑠璃の間に顔を出し、「お二人に声をかけてまいりましょうか」と申し出たとき、パウルは「いや、僕が行くよ」と返した。そして、「今後は呼びに来てくれなくていい」とつけ加えた。ヘルムートはもう自分の使用人ではない。牟田に雇われているという意味では、「同僚」なのだ。これからは、自分のことは自分でしなくては。

牟田の部屋——もともとは自分の部屋であった琥珀の間のドアをノックすると、「ヤー」と応《こた》えがあってドアが開いた。牟田は深い緑に焦茶《こげちゃ》の幾何学《きかがく》模様のセーター姿だった。これもメイド・イン・ジャーマンらしい。長身で厚みのある体に、そのざっくりとしたセーターはよく似合っていた。

「食堂の方に夕食の用意が整いました」

少し迷って、パウルはこう付け加えた。

「夕食をご一緒させていただいてもよいでしょうか」

その言葉に、牟田は一瞬たじろいだように見えた。パウルにへりくだった態度をとられて、なんとはなしに居心地の悪さを覚えているらしい。

じつのところパウルにも、自分がどうふるまうべきかよくわからない。どうも立ち位置が中途半端で困る。

ヘルムートとともに給仕に回ることも考えたが、それも嫌味にとられるかもしれないと思った。ならば飾り物の城主として、牟田にお相伴《しょうばん》する方が自然ではないか、と。

「ああ。それはもちろん」

牟田の返事を聞くと、パウルは軽く一礼して、先に東翼一階の食堂に降りた。まもなく牟田は薬師寺と二人で降りてきた。

食堂はちょっとしたレセプションもできるほどの広さがあり、どっしりした樫《かし》のテーブルが中央に据《す》えてある。三人家族には大きすぎたが、客をもてなす機会の多い貴族階級には、このくらいのサイズは必須だった。

窓の外には紫紅に暮れゆく森が広がっている。反対側には暖炉《だんろ》があり、その上の壁面には剣が飾ってあった。質素ながら重厚なこの食堂で食事をとるのは久しぶりだった。両親が亡くなってからは、パウルは台所でヘルムートやハンナと気楽に食卓を囲んでいたのだ。

ヘルムートによって上席に案内された牟田は、食堂をぐるりと見回して満足そうにうなずいた。

「この広さなら、レストランとしてそのまま使える」

いくつ席を作れるか、と目で数えている様子だ。その目がふと火のない暖炉に留まった。

「この暖炉は、じっさいに火を焚《た》けるのではなかったのですか」

「すみません。薪《まき》を切らしていて」

パウルは肩をすぼめて詫《わ》びた。これまでは、通いの使用人が秋にひと冬ぶんの薪を用意してくれていた。それが今年は城の売却《ばいきゃく》という一大事に取《と》り紛《まぎ》れて、準備しそびれたのだ。城を出て行くにしても、その手配をしておくべきだったと思った。冷静なつもりだったが、そこまで気が回っていなかった。

「でも、別に寒くはないですよ」

斜向《はすむ》かいに座った薬師寺が、気安い調子でフォローしてきた。

「いちおうセントラルヒーティングが入っていますので」

「けっこう。肝心なところは近代的だ。しかし、冷房はないのですね?」

なにやら不満げな牟田に、パウルも今度は胸を張って言い返す。

「冬の寒さは厳《きび》しいですが、夏はすごしやすいからです。深い森を風が渡ってきますし……」

牟田がせっかちに遮る。

「それでも日本人は冷房を必要とします。冷房も暖房もなしで暮らせる季節など、日本にはないようなものでね」

空調に対する感覚の違いが地域性や民族性によるものだとしたら、考えを変えさせるのは難しいかもしれない。冷房の排熱が、近年の環境汚染でダメージを受けている黒い森にどんな影響を与えるかと思うと、気が重くなる。

その一方で、パウルは純粋《じゅんすい》な好奇心にかられ、思わず問い返した。

「日本は温帯気候と教わりましたが、それほど自然環境が厳《きび》しいとは知りませんでした。あなたが……そのう……いつも難しい顔をしていらっしゃるのは、風土のせいですか」

その言葉に、薬師寺は下を向いてしまった。肩が震えている。どうやら笑いをこらえているようだ。

牟田はまじまじとパウルを見つめ、

「いや、面白《おもしろ》い方だ」

額に手を当てて、首を傾ける。

「じつに面白い」

そう言うわりに、表情はほとんど動かない。怒らせたのだろうかと居心地が悪くなってきたところへ、ヘルムートがワゴンを押して料理とワインを運んできた。まず上席の牟田からサービスをする。

「ああ、ありがとう」

人に世話をされることに慣れた人間の鷹揚《おうよう》さで給仕を受けながら、牟田は呟いた。

「早くメイドを入れなくてはね。本来こういう仕事は執事の業務ではないだろう」

「メイド、ですか」

パウルの合いの手に応えるように、牟田はホテル経営の話を持ち出した。半《なか》ば独《ひと》り言《ごと》、半ば秘書に聞かせるというふうだった。

「塔の部屋と西翼の続き部屋はハネムーン用のスイートにと考えているが、場合によっては定員四人のグループ用にもできる。あとは東翼に八部屋、西翼に六部屋のツイン。すべて埋まったとして、宿泊定員は四十名前後となるから……メイドは四人は欲しい。それからヘルムートの補助をするフロントマン、調理助手と雑用係も雇わねば」

四十人足らずしか泊められないホテルに、十人ものスタッフが必要だろうか。パウルはおずおずと口を挟《はさ》んだ。

「新年のパーティとかで、そのくらいの数の客を泊めたこともあります。家族と住み込みの使用人だけで問題なくお世話できましたが」

「世話が行き届くかどうか以前に、ゲスト一人あたりのスタッフの数が、ホテルの格を決めるのですよ」

素人《しろうと》に対する玄人《くろうと》の寛大《かんだい》さで牟田が説明するのに、パウルはつい口を滑《すべ》らせてしまった。

「それで採算がとれるでしょうか」

とたんに、ぴしゃっと撥《は》ね返《かえ》される。

「あなたの心配することではありません」

パウルは顔を赤らめて目を伏せた。たしかにその通りだ。この城の持ち主――ホテルの経営者は牟田であって、自分はただの「看板」だ。牟田が経営に失敗しようと成功しようと、自分が責任を問われるわけではない。ホテルが潰《つぶ》れれば王子の役を解かれ、当初予定していたように町に下宿して職を探すだけだ。

だが、彼がもし経営に失敗してここから撤退《てったい》したら、この城はどうなるだろうか。次にはどこの誰ともしれぬ者に転売されるかもしれないと思うと、胸が痛む。自分が口出しできることではないけれど、牟田にはなんとか古城ホテルの経営に成功してほしかった。

話の合間に、小麦団子のスープや兎肉《うさぎにく》のフリッター、塩ゆでのポテトというボリュームのある料理が運ばれてくる。

牟田はなかなかの健啖家《けんたんか》で、がっつきはしないが一定のペースでもりもりと平らげていく。東洋人がよくやるような皿にかがみ込む食べ方をしないのに、パウルは感心した。薬師寺も、牟田ほど堂々とした態度ではないが西洋式のマナーには慣れている様子だ。

ハンナが腕によりをかけた料理を、牟田はすべて綺麗に食べつくした。ナイフとフォークを置いて、膝のナプキンで唇を押さえながら満足そうに言う。

「なかなか美味《うま》かった。これは例の家政婦が？」

はい、とうなずき、パウルは居ずまいを正して一礼した。

「ハンナを残してくださってありがとうございます」

牟田はそっけなく返してきた。

「料理の腕はいいと、あなたのお墨《すみ》つきでしたからね。ここの台所に慣れた人間に残ってもらうのは、こちらにとっても好都合だし」

そのもの言いには、相手に恩を売るのを潔しとしない、騎士道精神のようなものが感じられた。

敬意と感謝をこめて、パウルは相手に微笑《ほほえ》みかけた。

「あなたの都合であっても、ハンナはありがたがっています。今日は最後に、あなたのためだけに特別料理を出す、と張り切っているそうで」

さっきヘルムートから耳打ちされたことを告げる。

「ほう。私の好みがわかるのかな」

黒い瞳がきらっと光った。面白がっているような気がした。

口調はいつも平坦《へいたん》だし表情も硬いが、注意深く見ているとその中でわずかな変化があるのがわかる。けっして感情が動かないというわけではないのだ。この男はつねにポーカーでもやっているつもりなのだろうか。

パウルはおもねるように問い返した。

「日本人はコメが好きなのでしょう？」

「コメがあるんですか」

今度ははっきりわかった。わずかに身を乗り出す気配。小さな驚きに期待が重なっている。パウルは牟田の表情を読むことに、だまし絵を解くような奇妙な歓《よろこ》びを感じた。

「イタリアから入ってきますので」

「ああ。イタリア料理は確かにコメを使いますね。リゾット、だったかな」

そこへ、ヘルムートが最後のトレイを捧《ささ》げてきた。湯気の立つココット皿をうやうやしく牟田の前に置く。牟田はじっとその皿を見つめた。

「……これは何？」

「おコメ料理、ですが」

ほう、ともむう、とも聞こえる声を漏《も》らして、牟田はスプーンを取り上げた。白い塊《かたまり》を疑わしげに掬《すく》い、用心深く口に運ぶ。含んだ瞬間、何ともいえない顔になった。それでもごくりと飲み下し、いつにも増した仏頂面《ぶっちょうづら》でスプーンを置いた。

「もう一度お訊《き》きします。これはいったい何ですか」

何かしくじりがあったのだろうか。パウルはいささか不安を覚えながら、解説した。

「コメをミルクと砂糖で煮込んで、仕上げにチョコレートを削《けず》ったものを散らしたと聞きましたが」

牟田は、そっと溜め息をついた。そしてひとことずつ区切って押し被《かぶ》せる。

「日本ではコメは主食です。デザートではない。これは日本人の客には出さない方がいいでしょう」

そこでもう一度スプーンを取り上げ、やけっぱちのように大きく掬って口に運ぶ。嫌なことは早く済まそうという態度がみえみえだ。

「あの。お口に合わなければ下げさせますが」

パウルが遠慮《えんりょ》がちに声をかける。だが、牟田は唸《うな》るように返してきた。

「コメは残すな、と言われて育ったものでね」

こうしてその日の夕食は終わった。

牟田が部屋に引き取った後、彼の感想を伝えようと台所へ行くと、ハンナは陽気に鼻歌を歌いながら皿を拭《ふ》いていた。料理については、自分でも腕に覚えがあるのだ。気に入られないなどとは、夢にも思っていないに違いない。

それでもパウルは、言うべきことは言わなくてはと思った。さもないと、牟田はこれからも口に合わないコメ料理を残さず食べることだろう。世にも渋い顔をしながら。

「美味いとおっしゃってたよ。ただ……最後のコメのことだけど」

パウルは遠慮がちに言いかける。ハンナは太った体を揺すり、満面の笑みを向けてきた。

「まあ、ぺろっとお召し上がりで。やっぱり日本人にはおコメですねえ」

どうやら牟田の意地は裏目に出たようだ。綺麗に食べたのは大好物だからだと判断されてしまったらしい。

だが、嬉しそうなハンナに二度と作るなと告げることは、パウルにはとてもできなかった。

どういう募集方法をとったものか、次の週には現地スタッフの採用試験をする運びになった。まだ改装も始まっていないのに、日本人はじつにせっかちだと思う。ヘルムートは「優秀な人材を得るためには、早くツバをつけておく？　必要があるんだそうで」と、薬師寺《やくしじ》に言われたことを顔をしかめて耳うちしてきた。

薬師寺と牟田《むた》が食堂で面接をする間、順番待ちの候補者たちはホールに並べた椅子にかけていた。ヘルムートが呼び出し係で、一人ずつ採用申し込み書と照らし合わせて連れていくのだ。

昼どきになって、ハンナから昼食の用意にかかっていいかどうか訊《き》いてきてくれと頼まれた。

気安く引き受けて来てみると、ちょうど最後の一人の面接が終わったところらしく、若い娘が席を立ち、二人にお辞儀をしていた。

こちらにきびすを返した娘は、パウルを見るとはっと目を瞠《みは》って立ち止まった。とまどいの色もあらわに口ごもる。

「あ。まあ。若さま。まだこちらに」

言いかけて、口をつぐんだ。そしてとってつけたように一礼すると、そそくさと横をすり抜けていった。

その娘の顔に見覚えはなかったが、近在の村の者に違いなかった。パウルを見て驚いたのは、「お城の若さま」はとうに去ったものと思っていたからだろう。

パウルは何事もなかったように、正面の牟田に声をかけた。

「今の子で終わりですか？　ハンナが昼食にしてよいかと言っているのですが」

微妙な間合いがあって、牟田は「ええ、用意させてください」とうなずいた。会釈《えしゃく》して食堂を出たところで、背後から呼び止められる。

「ちょっと」

レストランでウエイトレスを呼ぶような態度に、さっきの娘によってつけられた傷を引っかかれる思いがした。奥歯を噛み締めて「何でしょうか」と振り返る。

牟田はゆっくり近づいてきた。言いわけでもするように視線をはずして、

「都会からすれた女を雇ってくるより、このあたりの純朴《じゅんぼく》な娘の方がそれらしいサービスができると思ったのですがね。採用してほしくない娘がいれば、そう言ってください」

「どういうことですか」

「さっきのようなことがあると、気になるのではないかと思ったものでね」

「私は気にしません」

パウルはきっぱり言った。気にならないと言ったら嘘になる。それでも、精一杯の意地を張った。恥ずかしいと思うこと自体がみっともない気がしたのだ。

牟田はひょいと肩をすくめた。

「ならいいのです」

あっさり話を切り上げて、食堂に戻って行こうとする。例によって表情は変わらないが、こちらに向けた背中にはなにやら頑《かたく》なものが感じられた。

ちくりと胸に棘《とげ》が立った。態度は横柄だが、彼なりに気遣《きづか》ってくれたのではないか。手を振り払ったままではいけないという気がした。

パウルは牟田の背に言葉を投げかけた。

「私の立場を考えていただけるのでしたら……ほかにぜひお願いしたいことがあります」

「ほう。なんでしょう?」

肩越しに顔だけ向けてきた牟田に、

「できればゴルトホルンの名をホテルに残していただけたら、と」

それは以前から考えていたことだった。手放すと決めた以上、何の条件もつけまいと考えていたパウルだが、自分が名目だけでも城主である限りは、この城の歴史を伝える名を残したかったのだ。

ひと呼吸あって、「考えておきましょう」と牟田からの返答が聞こえた。


パウルは午後のひとときを、自室の窓辺で本を読んで過ごしていた。

——切りのいいところで、下に行ってみようかな。

そろそろ午後三時、ハンナの菓子が焼きあがるころだ。この季節なら、いろいろな木の実を混ぜ込んだショウガ味のクーヘンというところか。

ノックの音を背中で受けて、「どうぞ」と軽く応じたのは、ヘルムートが気を利《き》かせて持ってきてくれたのかと思ったからだった。

だから、振り向いてそこに牟田がいるのを見て、パウルは驚いた。本を持ったまま椅子から腰を浮かせ、

「何のご用です？」

つい、詰問《きつもん》する調子になってしまった。

牟田は腕組みをして戸口によりかかっていた。

「用がなくては来てはいけませんか？　あなたが居候《いそうろう》なら、私はいわば大家なんでしょう？」

そう言われても釈然《しゃくぜん》としないが、本来なら明け渡すべき最上の部屋にいさせてもらっているという弱みもあって、パウルは中途半端な動作で相手を迎え入れた。

牟田はまっすぐに窓とベッドの間の壁に向かった。壁紙の色の濃いところを指さし、

「前に見たとき気にかかっていたのですが、ここには絵か何かあったのではないですか？」

唐突な質問に、パウルは面くらって即答した。

「ええ。リーフェンの『聖家族』が」

リーフェン？　と、牟田は振り返って眉《まゆ》を寄せた。耳に馴染みがないらしい。

最近日本人がヨーロッパの名画を買いあさっているが、ルノワールだのピカソだの、いわゆるビッグネームに注文が集中しているとも聞いていた。

『名前が大きければ、どんな小品でも高く買うんだからな』

『日本人のおかげで、額縁《がくぶち》まで値上がりしたと画学生が嘆《なげ》いているよ』

社交界では、そんなやっかみめいた悪口も囁《ささや》かれている。

だがパウルは、日本人が西洋芸術に無知だとして嘲《あざけ》る気持ちにはなれなかった。日本の芸術について、自分たちヨーロッパ人がどれほどのことを知っているというのか。自分も、ウキヨエといえばホクサイしか知らない。それと同じようなものだと思ったのだ。

パウルは、ギムナジウムの教師のような調子で注釈《ちゅうしゃく》を加えた。

「リーフェンはレンブラントと同時代の画家で、一時は同じ工房にいたそうです」

さすがにレンブラントは知っていたようで、牟田は「ほほう」という顔になり、あたりを見回した。

「で、どこにしまったのですか」

自分がホテル売却《ばいきゃく》を前に金目のものを隠したとでも思っているのだろうか。パウルはむっとして切り口上になった。

「売りました」

珍しく尖《とが》った口調に、牟田は一瞬目を瞠ったようだった。しかしすぐ、いつもの無表情に戻ってあっさりと受け止める。

「なるほど。そうでしたか」

そのこだわりのない態度に、先走って身構えたのが恥ずかしくなった。パウルはひとつ息をついて、補足した。

「なんとか城を売らずに済ませられないか、と思ったもので……。結局のところ、焼け石に水でしたが」

パウルは壁を仰《あお》ぎ、そこにはない絵を頭の中に描く。

——どうせ城を手放すことになるのだったら、せめてあの絵は持っていたかった。

父と母のいなくなった部屋にその絵までもないということが、こうしてこの部屋で寝起きするようになると、いっそう切なく感じられる。

「いい絵だったのでしょうね？　そういうお顔をなさっている」

牟田の言葉に、皮肉や嫌味の響きはなかった。パウルは率直に答えた。

「売値は十五万マルクにしかなりませんでした。そういった意味では、第一級の名画ではありません」

だが、何かを待つように見返す牟田の眼差《まなざ》しに、聞きたかったのは価格のことではなかったのだ、と知る。

感情をあまり表に出さない牟田は、こちらの隠している感情には意外に敏感なようだ。メイドを採用するときも、パウルの立場に気を回していた。第一印象より、ずっと奥行きの深い男であるらしい。

パウルは、どうしてその絵が好きかということに話を切り替えた。

「聖家族とは、聖母マリアと幼子《おさなご》イエスとヨゼフを描いたものです。聖母の絵姿は母に似ていました。父と母と私。家族構成が同じなこともあって、私たち一家の絵だと、幼い時分は思っていたくらいです」

いったん言葉を切り、パウルは抑えた声で告げた。

「両親は私が少年のころに、飛行機の事故で死にました」

やはりそれは知っていたと見えて、牟田は目をそらさぬまま一つうなずいた。その無愛想な顔にわざとらしい哀悼《あいとう》の表情が浮かばないことにほっとして、パウルは言葉を継いだ。

「私は結局親たちの死に顔は見ていません。周りが気を遣って……。死因が死因ですから、おそらく惨《むご》いありさまでしたでしょうし」

だから、とパウルはもう一度、何もかかっていない壁を懐かしく眺《なが》めやった。

「私の心の中には、リーフェンの絵にあるような穏やかで愛に満ちた両親の姿がそのまま残っているのです」

そのとき、牟田は奇妙な声音で問い掛けてきた。

「ご両親は……愛し合っておられた？」

そんな自明のことを訊かれるとは思わなかった。パウルはちょっとまごついたが、「あたりまえです」と言い返す代わりに、深くうなずいてこう答えた。

「どちらかでも生き残っていてくれればと思うのも本心なら、あれほど睦《むつ》まじかった二人が引き離されなくてよかったとも思います」

それは正直な気持ちだった。衝撃《しょうげき》と悲嘆《ひたん》の中で、父母が共に召されたということが、まだ少年のパウルにとっては唯一《ゆいいつ》の救いでもあったのだ。

しかし、なぜこんな話までしてしまったのだろう。縁もゆかりも愛想もないこの男に。いや、だからこそ話せたのかもしれない。大げさに眉をひそめて、「おお」「ああ」なんて痛ましげな顔をされたくなかった。同族のわかりやすい表情、大きなジェスチャーは、ときに薄っぺらくさえ感じられるものだ……。

牟田は何か考え込んでいたが、唐突に訊いてきた。

「その絵は買い戻せないのですか？」

「画商を通じてリーフェンの愛好家に売却されたもので。手放しはしないと思います。だいいち……今の私に、絵を買うようなゆとりはありません」

パウルは寂しく微笑《ほほえ》んで首を振った。

牟田は、そんなパウルの顔をじっと見つめてきた。その眼差しに居心地の悪さを感じ、壁の方に目をそらしたとき、牟田はぽつりと言った。

「残念ですね。私も見てみたかった」

絵のことではなく、両親のことを言われたような気がした。「見る」も「会う」も、英語では同じく「ｓｅｅ」だ。だがパウルは、どちらの意味か確かめようとは思わなかった。

両親のことを正面切って「残念だった」と言ってくれる人は、考えてみればこれまでいなかったような気がする。みな遠まわしに気遣うばかりだったのだ。そしてパウルに、クリスチャンとして「神の思《おぼ》し召《め》し」を受け入れる態度を期待した。過ぎる悲しみは、神を冒瀆《ぼうとく》するとでも言うように。その意味でも、異教徒の牟田には今になって素直に悲しみの心を見せることができたのかもしれない。

だが訊かれたからとはいえ、自分のことばかり語ってしまったのに気づいて、パウルはきまりが悪くなった。お返しのように訊いてみる。

「ミスター・シンのお母さまはお元気ですか」

牟田の顔がわずかにこわばったのがわかった。かと思うと、そっけない調子でこう返してきた。

「母は、もういません」

――この人の母親も亡くなっていたのか。知らなかった。

パウルは「そうですか」と神妙にうなずき、言葉を継いだ。

「でも、お父さまはご健在なのですよね？」

念を押したのは、そこから相手の家族の話になるだろうと思ったからだった。跡取り息子が長いこと日本を離れていてもかまわないということは、その父は健在に決まっている。

牟田は切りつけるような調子で返してきた。

「だから私の方が幸せだとでも？」

皮肉な笑みが牟田の唇を掠《かす》めたかと思うと、表情がすうっと拭《ぬぐ》ったように消える。うかつに手札をさらしてしまったとでも言わんばかりに、牟田はひとつ咳払《せきばら》いして顔を背《そむ》け、部屋を出ていった。

パウルは驚いて目を見開いていた。穏やかに溶け合いかけたものが、激しく反応して分離したかのようだった。自分は今、どんな地雷を踏んだのか。

それが気になるのは、牟田にうとまれたくないなどと思うからではない。牟田とぶつかることが、自分は最初から嫌ではなかった。痛みと背中あわせの緊張感が、自分の背骨を支えてくれるような気がしたのだ。だがもし、牟田の触れてほしくないところに触れたのなら、悪いことをしたと思った。

あの人はけっして幸せではないのかもしれない、という考えがふいに浮かんできた。どんなに財力があっても、金では購《あがな》えないものがある。そして、牟田自身はそのことに気づいていないのではないか。

昼間に星が見えなくてもそこにあるように、自分で気づかなくてもそこにある不幸。けれど、気づかなければ幸せだなどと言えるだろうか。

パウルは本を読む気をなくして棚《たな》に戻し、窓から森を眺めながら思いに沈《しず》んだ。


朝早く目が覚めた。

塔の真下にある台所から、甘い匂《にお》いが立ち上ってきていた。ハンナが朝飯前のひと仕事で、何かこしらえているのだとすぐわかった。

一日が四十八時間あるのではないかと思うほど、ハンナはよく働く。雑役の夫婦者が辞めてからは、使わない部屋は閉め切って掃除の手間を省《はぶ》いているが、廊下も水回りもつねにぴかぴかに磨《みが》き上《あ》げている。その上、三度三度の食事や午後のおやつを作るばかりか、森で木の実や果実を採《と》ってきて、何種類ものペーストやジャムを手作りし、ガラス瓶《びん》に詰めて貯蔵《ちょぞう》しているのだった。

だがここ数日は、新しい人間が入ってきたこともあって、ハンナも手順を狂わされていたようだ。朝食の支度《したく》の前にジャム作りをしているということは、いつもの調子を取り戻したと考えていいだろう。

単純に、幸せな気分が満ちてきた。城はもう自分のものではないが、こうして住んでいられる。ハンナもヘルムートもそばにいてくれる。そして森は、持ち主が替わったことなど気にも留めていない……。今までと何も変わってなどいないのだという気がした。

パウルは元気よく起きだして、螺旋《らせん》階段を駆け下りた。

「モルゲン、ハンナ」

ハンナは、ゆでて潰《つぶ》した栗を蜂蜜酒《はちみつしゅ》で煮込んでいるところだった。お得意の「栗のペースト」だ。台所には、ほっくり甘い匂いと芳醇《ほうじゅん》なアルコールの匂いが充満していた。いつもと変わらぬ朝の風景。

しかしそこに、今朝《けさ》は異質なものがあった。牟田がしかつめらしい顔でハンナの手元をのぞき込んでいたのだ。

パウルの足は、釘《くぎ》で打たれたように止まってしまった。

「これは何。栗？　栗のジャム？　ほう」

英語の通じないハンナに、牟田は片言のドイツ語で話しかけている。その様子は、なんだか大きな子供のようだ。

ハンナは木杓子《きじゃくし》でペーストをひと塊《かたまり》すくいとり、

「ほら手を出して」

牟田の手のひらの窪《くぼ》みに載せてやる。ぺろりと舐《な》めとって、牟田は嘆声《たんせい》を上げた。

「シュメックト・グート！　何か酒を使ってるようだが……知らない味だな」

『美味《うま》い』という意味のドイツ語に続けて牟田が呟いた英語は、ハンナには理解できなかったようだ。「ビッテ？」と首を傾《かし》げるハンナに代わって、パウルは答えた。

「蜂蜜のお酒ですよ」

すると牟田は、ぼそっと呟いた。

「ふうん。雨姫さまを起こすのに使ったヤツか」

パウルは目を瞠《みは》った。

そうだ、子供のころに自分もその話を聞いたことがある。それとも絵本で読んだのだったろうか。大干《だいかん》ばつから村を救うために、勇敢な少年と少女が、眠り込んでいる雨の精霊を起こしに地下の国へ行く。蜂蜜の酒をひと壜《びん》たずさえて——。胸のときめくような冒険物語だった。

「ええ、ええ、そうです。その蜂蜜酒ですよ。……英語ではミードというのですが」

思わず興奮して、こちらは前半がドイツ語になってしまった。それをハンナが聞きとって、鼻の穴を膨《ふく》らませる。彼女は蜂蜜酒もひそかに作っているのだ。

「あんた、これ、かき混ぜといてくれんかね。下から十年ものを持ってきて味見させたげるよ」

有無を言わさず、牟田の手に大きな木杓子を押し付け、のしのしと地下室に降りていく。牟田はあっけにとられていたが、「あ、焦《こ》げます」とパウルが声を上げると、慌てて鍋《なべ》をかき回し始めた。

やがてハンナは、エプロンの裾《すそ》で壜の埃《ほこり》を拭《ふ》きながら石の階段を上がってきた。壜を牟田に渡し、自分は再び栗を煮込みながら指示を出す。

「ほれ、そこにコルク抜きがあるでしょうが。腿《もも》に壜をしっかり挟《はさ》んで、ぐっとひねる」

言葉はわからなくとも、酒のことならカンが働くと見える。牟田は上手《じょうず》に栓《せん》を抜いて、くんくんと匂いをかいだ。ハンナがすかさず差し出した小ぶりのグラスに濃い琥珀色《こはくいろ》の液体を注ぎ、用心深くひと舐めする。

うんとうなずくなり、牟田はひと息に呷《あお》って舌を鳴らした。

「効くな、これは。おまけに本当に蜂蜜の匂いがする」

空《から》になったグラスにもう一度なみなみと酒を満たし、またもやくーっと呷る。どうも牟田はかなりいける口のようだ。

牟田が調子に乗って三杯目を注ごうとしたとき、さすがにハンナは止めた。

「いっぺんに飲むもんでねえよう。モルゲン、モルゲン」

「モルゲンって、朝の挨拶《あいさつ》はさっきしたじゃないか」

目をぱちくりしている牟田に、パウルは説《と》き聞《き》かせた。

「モルゲンは明日の朝……つまり明日ってことです。後は明日にしなさい、と」

そうか、と素直にうなずいて、牟田は壜をハンナに返した。そして、

「ダンケ・シェーン、フラウ・ハンナ」

母音の強い発音で言い、カーテンコールのオペラ歌手よろしくお辞儀をした。アルコールで、いつものたがはずれているらしい。

牟田が機嫌よく台所から出ていくと、パウルは小声で家政婦をたしなめた。

「ハンナ、あの人に料理を手伝わせるなんて、何を考えてるんだ」

家政婦は平気でからからと笑った。

「だんなさまだって、いつも豆むきだの木苺《きいちご》のへた取りだの、手伝ってくださったでねえの。台所の手伝いもしねえ男の子は、ろくなもんにならないよう」

牟田はこの秋で三十だと聞いていた。三十にもなって男の子呼ばわりされるとは。

それに、何といってもこの城の持ち主なのだ。五百万マルクも出して自分のものにした城で、台所を手伝わされ、家政婦には飲みすぎるなと叱《しか》られる。何だか牟田が気の毒に思えてきた。

蜂蜜酒に味をしめたのか、牟田はその後もよく台所に入り込むようになった。コメプディングの感想を聞かれて、「ああ。ええと。うん。シュメックト・グート」と答えているのを聞いたときは、吹き出しそうになった。どうも牟田はハンナには弱いようだ。

お互いに言葉がうまく通じないのに心安くなっていく二人と対照的に、言語の面では問題がないにもかかわらず、ヘルムートと薬師寺はぎくしゃくしていた。

英語がほとんどわからないヘルムートにとっては、ドイツ語に堪能《たんのう》な薬師寺は大切な仲介者だ。また薬師寺にとっても、城の生き字引のようなヘルムートはなくてはならない相棒のはずだ。なのになぜかうまくいかない。

同国人でも世代の違いによる断絶は深刻だ。そこへもってきてヘルムートは頑固だし、薬師寺は意地っ張りというか余裕がない。年長者相手にいちおう丁寧《ていねい》な態度はとるものの、自分は牟田の懐《ふところがたな》刀であるという意識があって、どうしても元からの城の使用人を下に見てしまうのだろう。

ある午後、ヘルムートとパウルが台所でお茶を一服しているところへ薬師寺がやってきた。メイドの選考結果を伝えに来たのだ。

「現地のメイドはとりあえず二人採用しました。日本からも二人連れてくることになると思います。基本のマナーはこちらで教えますが、城のことはあなたが教えてやってください」

二人、と口に出して言いながら、指を二本立てた。それがまた摩擦《まさつ》のもとだ。人差し指と中指を立てる薬師寺のやり方に、ヘルムートは精一杯慎《つつ》ましく鼻を鳴らした。

「ヤギや羊の足でもあるまいし、そんな数え方があるものですか。二つなら、こう」

親指と人差し指で「2」を示してみせる。薬師寺はもっと大っぴらに鼻で笑った。

「なんです、それは。ホールドアップでもやろうってんですか」

自分のわからない英語表現を交えられると、ヘルムートは聞こえなかったふりをする。急に耳が遠くなったとでもいうように、すっとぼけた顔をして茶を啜《すす》った。

「このごろの若い者は、年長者を敬《うやま》うということを知りませんな。私が子供のころは、年寄りに口答えすると、革ベルトで尻《しり》を打たれたものです」

また、薬師寺が減らず口を叩く。

「ははあ。それで年のわりには腰が伸びてるんですね」

ヘルムートはむっとした顔でカップを置いた。

「だいたいあなたは、ご自分のマスターに対する敬意も足りない。マスターと横並びの部屋に寝泊まりするなど、身のほど知らずも甚《はなは》だしい。使用人なのだから、私やハンナ同様、離れに住むべきではないですか」

それに対して、薬師寺はちらっとパウルをうかがい、こう嘯《うそぶ》いた。

「おたくの王子さまは貴賓室《きひんしつ》にいらっしゃいますけどね。僕より安月給の使用人なのにね」

ヘルムートは憤慨《ふんがい》した。いくら現状がそうであっても、赤ん坊のころからお館さまのぼっちやまとして大切に育ててきたパウルを「使用人」と切り捨てられたことが、我慢ならないのだろう。

「それは、ミスター・シンがそのように取り計らわれて」

声を高くするのに、薬師寺はにやにやと切り返す。

「僕に隣の部屋にいろとおっしゃったのも、そのミスター・シンですよ」

そして二人は思いっきりそっぽを向いた。「ふん」という鼻息は万国共通だった。


作業着の男たちが軽トラックでやってきたのは、十一月下旬のことだった。

大がかりな機材を積んでいないところを見ると、今日から工事にかかるというわけではないのだろう。だが、いよいよ城が様変わりするのかと思うと、身を切られるような辛《つら》さを感じる。何も変わらないなんて幻想だった、とパウルは思い知らされた。

重たい作業靴の足音がどかどかと城内に響いている。薬師寺《やくしじ》が案内してあちこち見て回っているようだ。

パウルは不安に耐えかねて瑠璃《るり》の間を出た。そして、東翼への通路で、ちょうど牟田《むた》と出くわした。

「あのう。どの程度の改修になるのでしょうか」

おそるおそる訊《き》いてみる。牟田はパウルが気を揉《も》むのがわかっていたらしく、てきぱきと説明した。

「全体にコーティングをかけますが、無色透明ですから外観に影響はありませんよ。この城の古色蒼然《こしょくそうぜん》とした味わいが売りなのですからね。後は、西翼の裏手が一部崩落しかけているところを補強する程度で済むでしょう。……問題は風呂です。ゲストルームには、それぞれにトイレとバスルームが必要です」

パウルはけげんに思って言い返した。

「部屋にはすべて、シャワーもトイレもついていますが」

「シャワーだけでしょう。そんなものを日本人はバス付きとは言いません」

牟田の言っていることが、パウルにはよく呑みこめなかった。シャワーとバスの間に、それほど大きな違いがあるとは思えない。

だが、牟田がすべての部屋に浴槽《よくそう》を備えるつもりだということはわかった。それでは浴室を広げることになるし、けっこうな大工事になるのではないだろうか。

生まれ育った城が、フランクフルトあたりのシティホテルにでもなってしまうような気がした。売り渡した以上どう改築されても文句は言えないが、なるべくなら元の姿を変えてほしくない、とパウルは思った。

「ドイツの旅行者は、浴槽なしのシャワーのみでも気にしませんが」

その精一杯の抗弁を、牟田はあっさり切り捨てた。

「日本人は風呂好きですからね。シャワーだけだなんて、海の家でもあるまいし」

海の家とはどんなものかわからなかったが、軽んじた言い方をされているのは勘《かん》でわかる。

パウルはむかっ腹をたてた。

ドイツ人だって、綺麗好きな国民性ということでは人後に落ちないのだ。浴槽に浸《つ》からないからといって、不衛生だとは思えない。だいいちシャワーといっても、この城のそれは、ギムナジウムの体育館に設置されているようなちゃちなものではない。ちゃんと湯を受けるシンクがついていて、幼児なら腰まで浸かって洗えるくらいだ。

パウルは「国際社会」の教科書で見た日本の家屋《かおく》を頭に描いてみた。そして勇をふるって切り出した。

「私がもし日本に観光に行ったとして、タタミとショージの部屋は嫌だなんて言いませんよ。むしろそういう部屋にこそ泊まってみたいと思います。海外を旅するというのは、異文化に触れることを楽しむものではないですか」

牟田は顎《あご》を引いた。

「……言いますね」

そこへ、作業員のチーフらしき男が薬師寺に伴《ともな》われてやってきた。英語とドイツ語がさかんに飛び交う。両方わかるパウルは、かえって混乱してしまった。

所在なくそこに立ち尽くしていると、やがて牟田が難しい顔で手招きした。面白《おもしろ》くなさそうに言う。

「一度に何箇所も改造するのは、耐久性の面で不安があるようだ。これほど古い建造物に大がかりな改修を施《ほどこ》した経験は、彼らにもないそうです」

薬師寺と作業員は、また靴音を響かせて、外壁を検分しに出て行った。

牟田はしぶしぶ負けを認めた。

「パンフレットに、シャワーのみはドイツ流だと明記して、客の理解を得るとしましょう。『郷に入っては郷に従え』とも書いておくかな」

ほっとして眉《まゆ》を開く。だが、感謝の言葉を述べかけたパウルの出鼻をくじくように、牟田は大きな声で言った。

「ただし。瑠璃《るり》の間と、西翼の二階の翡翠《ひすい》の間、あの二つだけは改造させていただきますよ。ハネムーン用のスイートには、大きめの浴槽を備える必要がありますからね」

パウルは反射的に問い返した。

「どうして」

相手はさらりと答えた。

「カップルが一緒に入っていちゃつけるようにですよ」

一拍おいて、かあっと顔が熱くなった。牟田は珍しいものでも見るようにのぞき込んでくる。

「ドイツ人は、風呂でパートナーといちゃつかないのですか？」

真面目《まじめ》に訊いているのかふざけているのかわからない。パウルは口の中でもごもごと、要領を得ないことを呟いた。牟田はさらに、こんなことを言い出した。

「そう言えば、ドイツ語ほど恋愛に不向きな言語はないと聞いたことがありますよ。イッヒ・リーベ・ディッヒ。なるほど、喧嘩《けんか》でもふっかけてるようだ」

面と向かってそういう言葉を投げつけられて、パウルはますます赤面した。許婚《いいなずけ》がいるとは言っても、お行儀のよいキスくらいしか経験がない。親同士の決めた子供のころからのつきあいなので、直截《ちょくせつ》な愛の言葉など交わしたこともないのだ。

これはあくまで文化論だと自分に言い聞かせて、この場をやり過ごそうとするのに、牟田はいきなり実際的な方に話を振ってきた。

「工事の間は、他の部屋のシャワールームを使ってください。なんなら私の部屋のを使いに来ますか？　元は自分の部屋だから慣れてるでしょう」

「いえっ、そんな」

びっくりして頭を振りたてる。光の強い黒目がそのさまを斜《はす》に見ているのに気づいた。自分の初心《うぶ》さを、牟田は面白がってからかっているのだとわかる。

だがそのことに腹が立つより、むしろ彼との距離が縮《ちぢ》まったように感じた。この機に乗じて、前々から気になっていたことを思い切って言ってみる。

「あの、できれば、冷房をつけることも考え直していただけませんか？　中を冷やせば外に熱風を吐《は》き出《だ》すことになる。森のためによくありません」

牟田は顎を撫《な》でて、じっとこちらの顔を見ている。パウルは必死に説《と》きつけた。

「せめてひと夏過ごした上で。そうしたら、冷房の必要がないのがきっとわかります」

思いのほか真摯《しんし》な眼差《まなざ》しに手ごたえを感じたのもつかのま、相手はすっと目線をはずした。

「認可に手間取るだろうから春に開業は無理としても、夏の観光シーズンには間に合わせたいと思っています。初年度のお客を、クーラーなしで過ごせるかどうかの実験台にするわけにはいきません」

これでけりはついたと言わんばかりに、牟田は手を振ってパウルを追い払った。

パウルはあきらめなかった。きっぱり却下《きゃっか》されたものの、何かの面当《つらあ》てや嫌《いや》がらせというわけではなさそうだ。情を絡めて動く相手ではないけれど、無理無体に我《が》を通そうとする人でもない。理にかなった根拠《こんきょ》を示せば、考えを変えさせることはできるのではないかと思った。

次の朝、パウルは町の図書館へ車を走らせた。そして帰るなり、牟田の部屋に押しかけ、書面を突きつけたのだ。

「これをごらんになってください」

それは、気象便覧《びんらん》の写しだった。仏頂面《ぶっちょうづら》で紙をめくる牟田に向かってかきくどく。

「過去十年間のこの地域の月ごとの平均気温・最高最低気温です。これは気象庁の公式データで……そう、その湿度も見てください。気温が同じ二十八度でも、多湿の日本とは体感がまったく違うはずです。空間が広いと暑苦しく感じませんし」

牟田は、ふーっと息を吐《は》いて紙束《かみたば》をライティングビューローに投げ出した。だが、うんざりという表情ではない。よく闘《たたか》って最後まで自分を苦しめた好敵手《ライバル》を見る、スポーツマンの眼差しだった。

「あなたのことをお人好《ひとよ》しだと言ったのを撤回《てっかい》しますよ。意外に頑固な方だ。ドイツ人は頑固だとはよく聞きますがね」

パウルは打ち返すように応じた。

「私も、日本人は控《ひか》えめだと聞いていましたよ」

一瞬目を見合わせて、二人は同時に吹きだした。

パウルは初めて牟田が笑う声を聞いた。針葉樹の枝を渡る風のように、豪放で爽快《そうかい》な笑い声だった。オークルの顔に、白い歯がこぼれる。愉快《ゆかい》そうに細めた目は、いつになく柔和《にゅうわ》な光を放っていた。

「よかった。笑えるのですね」

パウルがつい口に出した言葉に、え？　と牟田は眉を吊《つ》り上《あ》げた。

「あなたの笑ったところを見てみたいと、ずっと思っていました」

そう言ったとたん、牟田はパウルにはわからない言葉を呟いた。「クソッタレ」と聞こえた。浅黒い肌《はだ》がほんのり赤みを帯びて、なんだか可愛《かわい》く見える。シャワーの件でからかわれたときの返報ができたようで、パウルは愉快な気分になった。

そのときノックの音がした。顔を出したのは薬師寺だった。部屋に入ってくるなり、すぐ書面を差し出す。

「改修工事の見積もりが届いておりますが」

受け取った牟田は、鋭い目を数字の列に注ぎながら、ことのついでという調子で言った。

「クーラーの設置はひと夏様子をみることにしたから、設備会社の方にそう断っておいてくれ」

薬師寺はそれを聞くと、初めてそこにいるパウルに気づいたというように目を向けてきた。

牟田が考えを変えたことに、パウルがからんでいると察したらしい。

浮《うわ》ついた気持ちに水を差された気がした。先日この秘書の言ったことを思い出したのだ。

『僕より安月給の使用人のくせに』

パウルは堅苦《かたくる》しく一礼して部屋を出た。

馴れ馴れしくしすぎた、と思った。城主の住む部屋に暮らしていても、自分に城主の権限はない。看板というより、城の備品のようなものだ。経営に口出しできる立場ではないし、牟田と対等に笑いあえる身分でもない――。

そんなことは最初からわかりきっていたことなのに、なぜこんなにやるせない思いがするのだろう。パウルは溜め息をつきながら塔の階段を上った。


牟田はよく、夕食の席で仕事の話をする。それは最初の晩から気になっていたことだった。食事どきにビジネスの話をするものではありません、とやんわりたしなめたこともある。だが牟田は意に介するふうはなく、しゃあしゃあと切り返してきたものだ。

『この習慣は、べつに日本人の専売特許ではありませんよ。ビジネスランチという英語があるくらいですからね』

その日も牟田はせかせかと席につくなり、唐突に訊いてきた。

「ところで、あなたは馬に乗れますか」

パウルは目を瞬《しばたた》き、相手の勢いに押されるようにうなずいた。

「ええ。それは、もちろん……」

「もちろんときたか」

牟田は嬉しそうに手を擦《こす》り合《あ》わせた。

「では馬を買いましょう。とりあえず二頭か三頭。調教済みのおとなしいヤツがいい。どこで買えるかな。薬師寺、すぐ調べてくれ」

広げかけたナプキンをテーブルに置き、慌てて手帳を懐《ふところ》から取り出す秘書を横目に、パウルは手を上げて制した。

「ちょ、ちょっと待ってください。馬をいったいどうするんです」

牟田はわかりきったことをと言わんばかりに、

「アクティビティの一つです。日本のリゾートでも乗馬体験は珍しくありませんが、こっちは何といっても本物のお城というロケーションですからね」

観光客を乗せるつもりだということはわかった。だが、パウルはそれに異を唱《とな》えた。

「誰でも乗れるものではないと思いますが」

「そのうちコーチを置いて乗馬教室を開いてもいい。まあ、とりあえずは引き馬で。あなたと轡《くつわ》を並べて歩くだけで、女の子は喜びますよ。王子さまと馬でお散歩。これはいい売りになる」

自画自賛して、運ばれてきた料理に手をつける。

「そうなると、馬丁《ばてい》も雇わないとな」

例によって健啖家《けんたんか》ぶりを発揮《はっき》しながら、頭の中ではいろいろなアイディアを練っているらしい。夢想家であり、実業家でもある顔だ、とパウルは思った。魅力的な男だ、とも。自分の周りには、これまでこういうタイプはいなかった。

父は高潔な教養人だったが、世事《せじ》にはうとかった。叔父は事業主である自分に酔《よ》うだけで、成功への布石《ふせき》は何ひとつ打てなかった。

牟田は違う。彼の戦略は、明確なビジョンと実行力に裏付けられているのだ。

食事を終えると、牟田は暗い窓の外に目をやった。

「しかし……冬が困るな」

緯度《いど》の高いドイツでは、冬は陽が落ちるのが早い。午後三時にはもう薄暗くなる。冬場の日照時間の短さは、観光にかけられる時間も短くなることを意味しているのだ。それでなくとも、雪深いこの地方では、冬場は長距離バスなども運休して観光の便は悪くなる。

これまで、自分の故郷を観光資源として見たことがなかっただけに、パウルも先行きが不安に思えてきた。

夕食の後、すぐそれぞれの部屋に引き上げず、二人は暖炉《だんろ》の前のクッションに寄りかかって食後のコーヒーを啜《すす》った。両親が生きていたら、そんな行儀の悪いことは許されなかっただろうが。

村の業者から薪《まき》を届けてもらったので、今夜は暖炉に火が入っている。じっさいに火を焚《た》いてみたいという牟田の要望だった。

それはパウルにとっても嬉しいことだった。久しぶりにぱちぱちと火の粉《こ》の爆《は》ぜる音、乾いた木の燃える甘いような匂《にお》いをかいでいると、やはりここが我が家だという気がする。

パウルは満ち足りた思いで燃える炎を眺《なが》めていた。牟田も何やら考え込んでいたが、

「さっきの話の続きですがね。オフシーズンをどう乗り切るかで、採算がとれるかどうかが決

まると思うのですよ」

「あなたの心配することではない」と言い放ったときとはうってかわって、まるでパウルを共同経営者と考えているかのような態度で話を持ちかけてきた。

不思議なときめきを感じた。牟田にあてにされていることが嬉しい。ならば自分は、それに真摯《しんし》に応《こた》えたいと思った。

「冬場をオフシーズンと捉《とら》えるのは、間違いではないでしょうか」

牟田は意表を衝《つ》かれた態《てい》で、カップを下ろした。

「僕は、黒い森が本当の姿を取り戻すのは、むしろ冬だと考えています」

パウルは、冬のシュヴァルツヴァルトの暮らしを淡々と物語った。


パチパチ爆ぜる炎を眺めて煙草《タバコ》をくゆらし、熱い飲み物を啜る。

暖炉の前の敷物に寝そべる犬、木のパズルで遊ぶ子供たち。

外にはしんしんと降り積もる雪。

時おり聞こえる獣《けもの》の声、吹きすさぶ嵐の音。

そして吹雪がやんだ夜空の、凍りつくような星ぼし。


牟田は溜め息をついた。

「内にこもる悦《よろこ》びは理解できなくもないですがね。何らかのアクティビティがないと客は満足しません。特に日本人は滞在型より移動型の旅行になじんでいるから」

休暇というものに対する考え方が違うのは、何となくわかる。日本人は基本的に気ぜわしいのだ。薬師寺とヘルムートの摩擦《まさつ》もそのあたりに遠因がありそうに思う。ヘルムートは紀元前からここに仕《つか》えていたかのようにいつもどっしり構えているが、薬師寺は始終せかせかしている。

牟田は自嘲《じちょう》するように言った。

「私だって、ほとんど生まれて初めてですよ。こんなふうにぐうたらしているのは」

ふと、栗《くり》のペーストを一生懸命かき回していた牟田の姿を思い出した。地下の食料庫にずらりと並ぶ、ハンナご自慢の手作りジャムの瓶《びん》も。

それを見せられたとき、牟田は言ったものだ。一度に一品でなく、朝食のテーブルにありったけ並べたら、日本からの客は大感激するだろう、と。ただ品数が多いからというだけではない。それらが一人の素朴《そぼく》なドイツ女の手によって摘《つ》まれ、煮込まれ、瓶に詰められたという事実の前に、彼らは圧倒されるはずだ。

ジャパンマネーという言葉をこのごろよく耳にする。総じて日本人は裕福なのだろう。金があれば何でも買える。ベンツもヨットもレンブラントも。そして城までも。

しかし、本物の王であるルイ十六世は錠前《じょうまえ》を作るのを趣味としていた。その王妃のマリー・アントワネットは、気晴らしにわざと粗末な服装をして農婦のまねごとをしたという。

お金で何でも買える人間は、ふだんなら買うものを自分で採《と》る、作る、ということに非日常の楽しみを覚えるのではないだろうか。

パウルは自分の思いつきを持ちかけてみた。

「キノコ狩りというのはどうでしょう」

キノコ？　と訊き返す牟田に、パウルは自信たっぷりにうなずいた。

「ええ。黒い森のキノコの美味《うま》さと種類の豊富さは、国内でも定評があるんですよ」

「冬に採れる？」

「晩秋から初冬がキノコのシーズンなんです。雪が厚く積もらないうちなら、下草が枯れていてむしろ見つけやすいですし。……そうだ、お客の採ってきたキノコをその日の夕食に出すことにしたら、もっと喜ばれるんじゃないでしょうか」

すると牟田は、口角を吊り上げてにやっと笑った。人の悪い牧羊神《パーン》のような表情だった。なぜかセクシーだと思い、異国の男相手にそんな感想を自分が持ったことに、パウルは驚いた。

「なかなか商売上手《じょうず》な王子さまだ。飾っておくだけではもったいない」

くすぐったい思いで、パウルは軽口を叩く。

「看板からパートナーに格上げですか」

「格下げかもしれませんよ」

牟田は目を細めてパウルを見つめた。目尻にわずかに皺《しわ》が寄っている。上機嫌のあかしだった。

パウルは気を強くして、さらにアイディアを披露《ひろう》した。

「真冬は、馬に橇《そり》をひかせて森を巡るというのもいいかもしれません」

「メルヘンですね」

それが揶揄《やゆ》でも嫌味でもないことは、もう知っている。牟田は「雨姫さま」を知る種族なのだ。

パウルははずんだ声で持ちかけた。

「明日、森へ行ってみませんか。ヘンゼルとグレーテルのようなことにはならないとお約束しますよ。なにしろ、このあたりの森は僕の庭のようなものですから」

翌朝、ハンナの手作りジャム大盤《おおばん》振る舞いの朝食をとった後、パウルは父親の長靴《ながぐつ》を探し出してきた。牟田に履《は》かせるためだ。

「霜《しも》が降りてますから、革靴では無理ですよ。途中に湿地帯もありますし。サイズが大きければ、厚手の靴下を重ねるといいです」

長靴に足を突っ込んだ牟田は、とんとんと爪先《つまさき》を床に打ち付けてうなずいた。

「いや、ちょうどいいようです」

牟田はセーターの上に例の革コートを羽織り、パウルは毛織のジャケット姿で裏門から出た。霜でうっすらと白くなった道を森へとたどる。

アイリッシュセッターのロティが飛び跳ねながらついてくる。赤褐色《せきかっしょく》の毛並みが朝の光に輝いた。城を売却《ばいきゃく》したとき、ロティの犬小屋は母屋《おもや》から離れに移されている。ホテルとなれば、犬を嫌がる客も来るだろうからと考えてのことだった。しかし、パウル自身は離れには住まないことになったので、ロティはこのところ寂しい思いをしていたはずだ。だから、こうして一緒に散歩できるのが嬉しくてしかたないのだろう。

前になったり後になったりしながら、賢げな目で見上げてくる犬に、牟田は優しい眼差《まなざ》しを投げた。

「いい犬だな。猟犬ですか」

「私は狩りはしませんので……トリュフでも見つけてくれるといいんですけどね。そういう訓練もしてなくて」

そのとき、白い毛の塊《かたまり》が道をさっと横切った。野ウサギだった。本能的に追おうとするセッター犬を、パウルは鋭く口笛を吹いて呼び戻す。

牟田は目を丸くしていた。

「驚いたな。ウサギなんて動物園でしか見たことがない」

そしてふと眉をひそめた。

「いつかのウサギ料理も、家政婦の現地調達じゃないでしょうね？」

ハンナが棍棒《こんぼう》を振り回してウサギを追う姿でも想像したのかと思うとおかしくて、パウルは笑い声を上げた。

「肉屋に行けば手に入りますよ。この時期は狩猟獣肉《ジビエ》がよく出回ります。シャコとかウズラとかも。……ああ、それも冬場の売りになりますね」

献立を考える目つきになった牟田に、パウルは慌てて釘《くぎ》を刺した。

「あ。鹿肉《しかにく》はあきらめてください。鹿はこの城の、そう、トーテムみたいなものだから、食べるわけにはいかないのです」

パウルは道々、この城が金の角《ゴルトホルン》と呼ばれている由来を話した。

それは今から三百年ほども昔のこと。初代のヒルシュヴァルト侯が幼い息子を森で見失い、悲嘆《ひたん》にくれていたとき、金色の角の大鹿が幼子《おさなご》を背に乗せて城に送り届けてきたという。以来、領主は鹿を狩ることを止《や》めた——。

牟田は興味深そうに聞いていたが、また仕事モードの顔になり、

「なるほど。ホテルの名にからめて、その話もパンフレットに載せましょう。観光客の喜びそうな伝説だ」

やがて道は細くなり、曲がりくねって森の奥へと進んでいく。

「苔《こけ》の生えている木や倒木に注意してください。それと、キノコは一本あれば必ずその近くにありますからね」

そう教えながら自分も目を凝《こ》らしたが、見つからないときは見つからないものだ。

どうやら、ビギナーズ・ラックはギャンブルの世界だけではないとみえる。少し遅れた牟田が、おーい、と手を上げて呼んだ。

「ここに毒キノコみたいなのがあるんだが、見てくれないか?」

引き返してみると、鮮やかなオレンジ色のキノコが木のうろに密集していた。

パウルは思わず興奮した声を上げてしまった。

「お手柄《てがら》です! 毒キノコなんかじゃありません、とても美味《おい》しいアンズタケです。ハンナが喜びますよ!」

ほんとに食えるのか、と半信半疑の牟田の手を取るようにして、キノコをへらで剝《は》ぎ取《と》らせた。持参した籠《かご》に放り込む。

「シンはトリュフ犬より優秀ですね」

よく考えると失礼なことを言ってしまった。だが牟田は楽しそうに笑っている。パウルは「負けませんよ」と指を突きつけてみせ、むきになって藪《やぶ》に体をねじ込んだ。

牟田は二度目の大当たりを狙《ねら》ってか、背伸びして木のうろを調べて回っているようだった。

戦果が上がっているかと首を伸ばしてみると、枝ごしに向こうも様子をうかがっていた。

目と目が合って自然に微笑《ほほえ》む。牟田は照れたように、大きな切り株の方へと向きを変えた。

「はぐれないでくださいよ。道をはずれると沼地に踏み込んでしまうから」

そう言いながらパウルは自分も夢中になって、奥へ奥へと探してしまう。

そのとき、遠くでパーンと軽い破裂音が響いた。牟田はさっと身を起こし、パウルのそばに急ぎ足で戻ってきた。

「誰かが狩りをしているようですね。隣の領地の人とか？」

「……ならいいんですけど」

パウルは眉を曇らせた。その様子に、牟田はもの問いたげな目を向けてくる。

「密猟者が入ってくるんです。公有地と私有地の間には、立ち入りを禁じる厳重《げんじゅう》な柵《さく》などありませんしね。ここは代々の領主が尽力《じんりょく》して、自然公園並みに動物を保護しているから、彼らにとっては宝の山というわけです」

それを聞いて、牟田は腹立たしげに唸《うな》った。

「そういうのを日本では、人のフンドシでスモウをとる、と」

「しっ」

よくわからないことを言い出した牟田を、パウルは制した。二十メートルほど先の藪がガサッと揺れ、重量のあるものが枝を折る音がしたのだ。

姿をあらわしたのは、見事な枝角を持った雄のエルク鹿だった。栗色の鼻先がひくひくと動き、野葡萄《のぶどう》のような黒紫色の瞳は油断なく研《と》ぎ澄《す》まされている。葉を落とした木の間から降ってくる薄日に、枝角が鈍《にぶ》く輝いた。

藪陰にしゃがんだ状態の人間たちに、鹿は気づいていないようだ。風向きが良かったのだろう。

そのとき、ロティが興奮して唸《うな》った。

「しっ。いけない、ロティ」

慌てて犬の首を押さえたが遅かった。鋭い耳に聞きつけられてしまったようだ。大鹿は低く頭を下げ、こちらの藪に向かって、フーッと剣呑《けんのん》な鼻息を漏《も》らした。

「まずいな」

エルク鹿の雄はこの季節、交尾期で興奮しやすいのだ。角を振り立てて突進してこられたら、危険きわまりない。

「あなたは動かないで」

緊迫《きんぱく》したパウルの声に、牟田は気圧《けお》されたようにうなずいて身を硬くした。

パウルは「ホウ」と低い声をかけ、ゆっくりと藪から立ち上がる。驚いて手を引っぱる牟田に、「大丈夫」と口の形だけで告げて、鹿に向き直った。

本当はかなり怖かった。遠目に鹿を見ることはあっても、その正面に立ったことはない。領地に居ついているといってもまったくの野生で、自分が飼《か》っているのでもないのだ。

だが、牟田を危険な目に遭《あ》わせるわけにはいかないと思った。自分の庭のようなものだと請《う》け合《あ》って連れ出した責任がある。

鹿はいつでも突進できる構えで頭を低くしたまま、黒葡萄の瞳をそらさない。パウルは呼吸を整えて、静かに声をかけた。

「角の王。僕たちは何も害さない。君の友達だよ。ずっと昔から」

詠唱《えいしょう》のように、低い声で同じ言葉を繰り返す。

「何もしない。友達だ」

手にじっとりと汗をかきながら、何度そう繰り返したか。

やがて鹿は頭を起こした。きらりと枝角が光ったかと思うと、その図体からは思いもかけない俊敏《しゅんびん》さで、鹿は後ろの藪に飛び込んだ。がさがさと枯れ葉を踏みしだく音は、あっという間に遠ざかった。

「ふう」

息を吐いてパウルは肩を落とす。不自然な姿勢で固まっていたからか、牟田は呻《うめ》いて腰を伸ばした。

パウルは彼が立ち上がるのに手を貸しながら、

「今日はつい夢中になって深入りしすぎました。お客を入れるようになったら、鹿の通り道には立て札でも立てた方がいいですね」

牟田は、地面についていた膝をぱんぱんと叩き、鹿の消えていった森の奥に目をやった。

「あの鹿には名前があるんですか」

「あれはおそらく群れのリーダーです。だから角の王、と。個体の名ではありません。代を重ねているのです」

たとえば我がヒルシュヴァルト家のように、とつけ加えて、パウルはちょっと胸を張った。

雄々《おお》しい鹿の姿を目の当《ま》たりにすることで、貴族の誇《ほこ》りを取り戻したような気がした。

「だから、僕という人間を知らなくても、代々の城主の雰囲気《ふんいき》のようなものはわかってくれたのでしょう」

牟田はしばらく黙っていたが、感に堪《た》えないというふうに溜め息をついた。

「かないませんね。あなたの持っているものは城より大きい」

あたり一帯を手の先で示す。

「それで、ゴルトホルンの名を残せというんですね。あれを守りたくて私を選んだというわけですか」

それもあります、とパウルは軽く流した。牟田の人間性に興味を引かれたなどと、ここで打ち明けるわけにもいかないではないか。

牟田はパウルに向き直り、ひどく生真面目《きまじめ》な顔で古風なもの言いをした。

「その信頼を裏切ることはいたしますまい」

そして芝居がかった態度で膝をつき、すっとパウルの手をとって手袋の上から指先に接吻《せっぷん》した。

冗談とわかっていても、どきっとした。不思議な高揚感《こうようかん》に満たされる。一瞬、牟田が自分の騎士であるかのような錯覚《さっかく》を抱《いだ》いたのだ。

その一方で、パートナーのように遇《ぐう》してくれることに思い上がってはいけないと思った。自分は城の看板として買われた身だということを忘れてはいけない。

あらためて、「この男に買われたのだ」と考えたとき、パウルは奇妙な疼《うず》きを覚えた。それは、屈辱《くつじょく》と呼ぶにはあまりに甘い色合いを帯びていた。


十一月末からクリスマスまでの四週間は、キリストの降誕《こうたん》を待つ待降節《たいこうせつ》だ。今日から待降節に入るというその日、食堂に小さな樅《もみ》の木が飾られた。前日のうちに、ヘルムートと薬師寺《やくしじ》が森から切り出してきていたのだ。

だが出かけるときから、あいかわらずいがみあっていた二人だった。

「しかたがありませんね。ご老体には切り出しなど無理でしょうし」

「日本人に、ツリーにする木のよしあしなどわかりませんからな」

そして午後遅くなって帰ってきたときには、どちらがこの形の良い木に先に目を留めたかということで言い争っていたというわけだ。

さっそく、一年間しまい込まれていたオーナメントをハンナが出してきて、食堂に飾り付ける。パウルもそれを手伝った。母が生きていたときそうしていたのと同じように。

飾りつけが終わったとき、牟田《むた》が降りてきて、ほう、と嘆声《たんせい》を上げた。

「こちらのツリーは、日本のとは趣《おもむき》が違いますね。飾りがクラシックで」

日本の、と聞いてパウルはちょっと驚いた。ショージとタタミの部屋にツリーが飾られているところなど、想像がつかない。

「日本でもクリスマスはツリーを飾るんですか？　仏教徒の方が多いのでは？」

自分も日本人のくせに、牟田は他人事《ひとごと》のように言った。

「連中の宗教的無節操には、あきれますよ。キリスト生誕を恋人たちのイベントにしてしまうんですからね。もっとも我々には書き入れ時です。イブにホテルや洒落《しゃれ》たレストランを予約するのが男の甲斐性《かいしょう》とされているので」

パウルはそういう考え方に違和感を覚えた。眉《まゆ》を寄せ、咎《とが》めるように言う。

「クリスマスは家族と過ごすものですけどね」

牟田はひょいと肩をすくめた。

「どっちにせよ、私には関係ないから帰りませんよ。クリスマスもニューイヤーもこちらで過ごします」

パウルはますます眉をひそめた。

牟田が城に居続けることが嫌だというわけではない。「どちらも関係ない」とはどういうことだろう、と不審を覚えたのだ。恋人はいなくても、家族はいるだろうに。そうだ、母親は亡くしたと言っていたが、父親は健在のはずだ。

だがそれを口に出すのはためらわれた。その話題になったときの牟田の反応を思い起こしたからだった。

ふいにヘルムートが声をかけてきた。

「だんなさま」

二人は同時に振り向いた。牟田もドイツ語の呼びかけに慣れてきたとみえる。ヘルムートは赤面した。慌てて言い直す。

「パウルさま。ミスター・シンをクリスマス市《いち》にお連れしてはいかがでしょう」

「クリスマス市？　ローテンブルクにある店のような？」

牟田の食いつきがいい。期待はずれになってもいけないと、パウルはすぐ補足した。

「本当に市場なんですよ。シュトゥットガルトに行けばもっと大きな市が立っていますけどね。僕たちは地元の町でじゅうぶんなので。よろしかったらご案内しますが」

牟田は二つ返事で話に乗ってきた。

「それもホテル発のＯ　Ｐ《オプショナル》ツアーにできるかな。ああ、薬師寺。おまえは来なくていいよ。王子さまと二人なら通訳もガイドも用はない」

結局、家のワーゲンをパウルが運転して出かけることになった。薬師寺は運転手役からもお付きの役からも解放されて、のんきな顔で見送った。

森の中を抜ける道は、うっすらと雪に覆《おお》われていた。ハンドルをとられるほどではないが、パウルは慎重《しんちょう》な運転を心がけた。それでも時おり、吹き溜まりをタイヤが蹴散《けち》らして、白い粉が舞い上がる。

遠目には黒く見えるほどの濃い緑が途切れると、家々が身を寄せるようにして小さな村落を作っている。そんな集落を五つ過ぎたところで、パウルはハンドルから片手を上げて示した。

「だいたいこのあたりまでがうちの領地でした。町は司教の所有だったのです」

そこから道幅は広くなり、二十分ほども走るとシュルツゼーの町に入った。道路わきのコインパーキングに車を停め、降りて石畳《いしだたみ》の道を中央広場へとたどる。

教会の前にはずらりとテントが並んでいる。ふだんの食品や日用品もあるが、クリスマス用品を商《あきな》う店がやはり華《はな》やかで目についた。

待降節の第一週ということで、子供たちの姿も多い。鮮《あざ》やかなピンクやブルーのパーカー姿ではしゃいでいる。

「子供たちはここでアドベントカレンダーを買ってもらうんですよ。日付のところがポケットになっていて、小さなお菓子や玩具《がんぐ》を入れられるようになっているんです。親が何を入れてくれたかは、開けてみるまでのお楽しみ」

問わず語りに説明したのは、自分も小さいころは毎年楽しみにしていたことを思い出したからだった。そういえば、父母が亡くなってから、地元の町のクリスマス市に来たことがあっただろうか。大学のあったゲッチンゲンでは、友人と散歩がてら市を歩いたりもしたけれど——。

ふと、遠方から来たらしい車に魚を積んで売っているのが目に入った。川魚ならこのあたりでも採《と》れるから、海のものを運んできているのだろう。そちらの方に歩を進め、牟田に指差してみせる。

「ほら。サバがありますよ。日本の方は海の魚がお好きでしょう」

牟田はそちらへちらりと目をやると、疑わしそうに鼻に皺《しわ》を寄せた。

「サバ？　……なんだか妙に黒っぽいが」

「燻製《くんせい》ですから」

パウルの言葉にうぷっという顔をして、牟田は移動販売車から離れた。喜ぶかと思って教えたパウルは、納得がいかなかった。

——コメのミルク煮と同じようなことなのかな。香ばしくて美味《おい》しいのに。だいいちサバなんて、そのままでは生臭《なまぐさ》くてとても食べられたものではないだろう。

二人であたりをそぞろ歩きながら、一軒の屋台で、パウルはグリューワインを二杯買った。赤ワインに香料を混ぜて熱したものが、安物のグラスに入れて売られているのだ。

これは牟田にも好評だった。

「なかなかいける。温まるな。卵酒みたいだ」

「タマゴのお酒、ですか。日本にも変わったお酒があるんですね」

「あるというか……日本酒に卵と砂糖を入れて温めるんですよ。こんなふうに人に売るようなものじゃない。ホームメイドでね」

熱いワインをふうふうと吹いて冷ましながら飲み、牟田は懐《なつ》かしげに呟いた。

「小さいころ風邪をひくと、よくグランマが作ってくれたものです」

「いいですねえ」

パウルはしみじみと言った。卵酒が羨《うらや》ましいというわけではない。牟田にも温かい家庭の思い出があるらしいことに、なにやらほっとしたのだ。

家族の行事にも恋人同士の行事にも関係ないなんて、ずいぶん寂しい人だと思ったが、祖母の話が出るということは、家族に縁が薄いばかりでもないのだろう。

そういえば、父親の話を持ちかけたときはひどく硬い表情だったが、今グランマという言葉を口にした牟田は、ずいぶん和《やわ》らいだ顔になっている。

その表情に勇気づけられて、パウルは尋ねてみた。

「雨姫さまのお話をしてくれたのも、ひょっとしてそのグランマですか」

母親が早くに亡くなって、祖母に育てられたということかと思ったのだ。

牟田は、聞こえなかったような顔をして目をそらした。最初のころの無表情に似た硬さが彫りの深い顔を覆《おお》っている。

これもまた地雷だったのだろうか、とパウルはいぶかしんだ。どうも牟田の家庭の事情は複雑らしい。

お金を湯水のように使って、こんな異国の地に趣味に走ったホテルを作ることができる。また、自転車でも買うような調子で馬を買おうなんて言い出す。金に不自由していないのはたしかだ。

だがクリスマスをともに過ごすのは、自分たち使用人だけだ。宗教の違う日本でも、クリスマスは親しい人との特別なイベントであるらしいのに、彼の帰りを待つ人はいないのだろうか。

パウルは、牟田の微妙な態度には気づかないふうを装った。

「僕はグランマもグランパも覚えていないのですよ。どうも短命な家系らしくて……。両親は健康な人たちでしたが、ああいうことになりましたし。何か呪《のろ》いでもかかってるのかな。僕も早死にするかもしれません」

ぎこちない空気を払拭《ふっしょく》するために、わざと恐ろしげなことを言ってみたのだ。効果はてきめんだった。牟田はさすがにぎくっと振り向いた。パウルは小首をかしげてみせた。

「そういうのも売りになりませんか？」

牟田はほっと肩を落とした。

「悪い冗談はなしにしてくださいよ」

ごく自然にパウルの髪をくしゃりと撫《な》でた。

喉の奥で笑って、パウルはワインを一口含《ふく》む。熱々のワインは、すぐには飲み干せないのだ。ちびちびと啜《すす》りながら市を徘徊《はいかい》するのは、自分たちだけではなかった。その多くはカップルだ。自分たちも恋人同士のように見えるだろうか、とふと思った。『日本では、クリスマスは恋人と過ごす』という牟田の言葉が頭に浮かんだ。

それとも日本人にとって、同性の友人どうしでこんなふうに親しくするのは普通なのだろうか。そういえば、大学に来ていた日本人学生たちは、よく同性だけで固まっていた。彼らを見てドイツの学生たちは、

『東洋人の男は、あまり男という気がしないんだよな』

『肌《はだ》なんかこっちの女よりすべすべしてて、体毛も薄いし』

言葉があまりわからないと思って、平気でそういう下卑《げび》た品評をしていた。パウルはその手の会話に加わったことはないが、耳には入ってきた。

そう思ってみると、たしかに見える範囲では牟田の肌はすべすべしている。袖《そで》からのぞく手首も手の甲も、陶器のように滑《なめ》らかだ。村の男たちは、熊と間違われそうな毛深い腕をしてい

るというのに。

そっと目を上げてみる。牟田の頬にも顎《あご》にも翳《かげ》りはない。黒髪だから、髭《ひげ》が濃ければ剃《そ》り跡《あと》が目立つと思うが、よほど丁寧《ていねい》に剃っているのだろうか。

さらに、まっすぐに立てた首から喉もとへと目をやり、もっと下の服に隠れた部分はどうだろうと考えて、パウルは顔を赤らめた。「下の毛」のことを訊《き》かれたのを思い出したのだ。これでは自分も牟田を責められない。

隣を歩く牟田は、パウルの後ろめたさには少しも気づかぬ様子だった。日本人といえば猫背で近眼という印象があったけれど、背筋をすっくと伸ばして、あたりを睥睨《へいげい》するような眼差《まなざ》しには、むしろ一種独特の威風《いふう》がある。膝を曲げずに大股《おおまた》で歩くので、もっと大柄《おおがら》のドイツ人にも少しも見劣《みおと》りしないのだ。

牟田の場合、「男らしくない」というより、「むさくるしくない」というべきだ、と思った。自分の目には、彼はとても男らしく映《うつ》る……。

飲み終わったワインのカップを回収箱に入れ、中央広場から放射状に広がる石畳の通りをさらにあちこちのぞいてみる。

教会の裏の一画には、樅の木やクリスマス飾りを売っている出店が集中していた。パウルは、パイプをふかす老人と十代の少女が店番をしている露店に立ち寄った。そこには、くるみ割り人形や蠟燭《ろうそく》の熱で回る風車と並んで、聖誕の置き物がいくつか売りに出ていた。馬小屋に聖母マリアとヨゼフと幼子キリストが配置された木彫りのものだ。

あれこれ吟味《ぎんみ》していると、牟田が興味深そうにのぞき込んできた。

「これも絵と同じで、聖家族なんですね」

あの絵のことを心に留めていてくれたのが、何やら嬉しい。パウルははずんだ調子で答えた。

「これまではリーフェンの絵があるので買わなかったのですけど。やはりクリスマスには聖家族像がないとね」

あまりリアルな彫りでない、可愛《かわい》らしいものを選ぶ。少女に包んでもらっている間に、牟田が勘定を払ってくれた。

「これはホテルの備品ということで」

パウルは素直にうなずいた。

「では、食堂の暖炉《だんろ》の上にでも置きましょうか」


十二月も半《なか》ば、城の改修が一段落したころ、牟田は突然城を留守にすることになった。

「二、三日ロンドンに行ってきます」と言われて、パウルは「ビジネスですか」と尋ねた。

「まあ……クリスマスの買い物と言いますか」

牟田は何やら楽しそうだ。

このごろでは、パウルも牟田の表情がよく読める。牟田の方で表情が豊かになったということもあると思う。「笑ったところを見たかった」の一件以来、ベールを脱いだように、顔に硬さがなくなった。頑《かたく》なだったのは、クリスマス市で家族の話をしたときだけだ。

今も、その楽しげな様子にもう一つの表情――どこか秘密めかしたものが透けて見える。

パウルはふと、やはり牟田には日本に恋人がいるのではないか、と思った。クリスマスにもニューイヤーにも帰らないと言ったとき、家族関係が悪いからか、一緒にすごす恋人もいないのかと気の毒に思ったものだが。

そういえば自分も、境遇が大きく変わったという事情もあって、許婚《いいなずけ》に長いこと会っていない。それでも、カードやプレゼントを送る用意はしてある。

日本人には仕事人間が多いと聞く。休暇もとらずに働くのが美徳だというから、それで帰らないのなら、プレゼントだけは送るのかもしれない。鄙《ひな》びた町のクリスマス市ぐらいでは、妙《みょう》齢《れい》の日本女性の好みに合うようなものが見つからなかったということではないだろうか。

牟田が独身であることは、指輪の跡がないだけでなく、言葉のはしばしからも察することができる。だが、恋人はいてもおかしくない。あれだけの資産家で風采《ふうさい》もいいのだから、女性に相手にされないということはないだろう。

彼の意にかなう女性とはどのような人だろう、とパウルは考えてみた。どうもイメージできない。留学生の女の子たちは落ち着きのない小動物のようだった。頭の中で牟田の横に並べてみてもバランスが悪い。大人の日本女性はいつもキモノを着ていてしとやかなのかもしれないが、それもなんとなく牟田には似合わないような気がする……。

「どうです。あなたも行きませんか」

真剣に考え込んでいて、聞き逃《のが》してしまった。

「すみません、何とおっしゃいましたか」

牟田は気を悪くしたふうもなく、もう一度言い直した。

「ロンドンにご一緒しませんか、と」

「ロンドンへ、ですか」

唐突な申し出に、言葉に詰まっていると、牟田は熱心に誘いかけてきた。

「たまにはお城を離れてみてはいかがです？　海外といってもイギリスなら、あなたは言葉に不自由はないでしょう」

牟田は目を微笑《ほほえ》ませて返事を待っている。パウルの胸がトクトクと高鳴った。誘いは嬉しい。牟田と二人で出かけたキノコ狩りもクリスマス市も楽しかった。ロンドンの町を骨董《こっとう》でも探して牟田と歩くのは、いっそう楽しいだろう。大きな歩幅で颯爽《さっそう》と歩く牟田と肩を並べ、知っていることと知らないことをお互いに教えあい、他愛《たわい》ない冗談を交わして。

だがパウルは首を横に振った。

「僕は飛行機に乗れないのです。怖くて」

それは生まれついての恐怖症ではない。両親の事故以来、パウルは飛行機の爆音を聞いてさえ、身が震えるようになったのだ。

これでは飛行機に乗るどころか、空港に近づけもしない。大学時代、海外留学をする友人を自分一人が見送りに行けなくて、どれほど情けない思いをしたことか。

「じかに事故現場を見たわけでもないのに、おかしいとお思いでしょうね。でも、どうしても……」

言いさしてうつむく。自分のトラウマを牟田にさらすのが恥ずかしかった。

「おかしくはありませんよ。私の想像力が足りませんでした。気の利《き》かないことを言って申しわけない」

牟田は真顔で詫《わ》びた。そして、残念そうに付け加える。

「列車と船という手もありますが……今回はそれほどゆっくりできないので。またの機会にしましょう」

ではやはりビジネスがらみなのか。何となくほっとする思いで、パウルは「本当にまたお声をかけてくださいね」と返す。牟田は口元をほころばせた。

「じつに素直な方だ」

薬師寺も牟田に随行《ずいこう》したので、次の日から城は急にひっそりとしてしまった。

久しぶりに気心の知れた者ばかりでくつろげるはずなのに、妙にもの足りない思いがする。

薄暗い廊下に、カツカツと威勢のいい牟田の靴音《くつおと》が響かない。朝食の席に、少しなまった発音で「モォルゲン」と声をかけて椅子を引く姿がない。台所で丸椅子を跨《また》いで座り、ハンナと嚙みあわない会話をしている、大きな子供のような牟田がいない――。

城が、中心になるピースを失ったジグソーパズルであるかのように感じられた。

パウルは落ち着かない気分をもてあました。喧嘩《けんか》相手の薬師寺がいなくて、ヘルムートも寂しそうだった。

しかしすぐ、寂しいとか物足りないと考えたのを後悔することになった。牟田が出かけて三日目、招かれざる客が城を訪れたのだ。

父の従兄《いとこ》にあたる初老の元子爵《もとししゃく》と、母方の叔父、それに地元の有力者と目《もく》されている村会議員の三人連れだった。

財産がなくなったばかりか借金まであるとわかると、顔も見せなくなっていた親族の訪問に、パウルは首を捻《ひね》った。城が売却《ばいきゃく》されたのを知り、パウルの身の振り方でも考えてくれようというのか？

その考えは甘かった。応接間に通された三人は、パウルの身を気遣《きづか》うどころか、城を日本人に売ったことに不平不満を並べ立てた。彼らの日本人への偏見《へんけん》を、パウルは懸命《けんめい》に払拭《ふっしょく》しようとした。だが、相手は聞く耳を持たなかった。

納得しない顔つきで彼らが帰っていくのとほとんど入れ替わりのように、牟田と薬師寺が帰ってきた。

ホールに立つ牟田は、見覚えのない暖かそうなカシミアのコートをまとっていた。これもロンドンで現地調達したのだろう。

「客が来ていたようですね？」

脱いだコートを薬師寺に渡し、牟田は食堂の方に入っていく。来客について説明を求められているのだと察し、パウルはスーツの背中に従った。

ヘルムートがハンナに何か言ってやったと見えて、すぐ熱いコーヒーとハンナお手製の塩味の焼き菓子がテーブルに運ばれてきた。コメプディングから逃れる苦肉の策として、牟田は「自分はじつは甘いものが苦手だ」とカミングアウトしたのだ。以来ハンナは、甘くない菓子を牟田のために用意している。

牟田は嬉しそうに菓子をつまむ。パウルはその向かいに腰を下ろし、おずおずと来客の用向きを伝えた。

「……というわけで。日本人が入ってくると、環境が悪くなると言うのです」

「入ってくると言ったって、何も集団で移民しようというわけじゃない」

牟田は面白《おもしろ》くなさそうに言う。

「隣人としてはどうか知らないが、客としては最高じゃないか？　金払いのいい客を逃がす手はないだろうに」

それに応《こた》えて、パウルはもっと面白くないことを聞かせてしまった。

「そのことですが。日本人は、金にあかして節度のないふるまいをすると。……僕のことも、あなたの金に目がくらんで言いなりになっていると思ったようで」

ふいに空気が重くなった。牟田は能面のような顔で、ゆっくりと問い返してきた。

「そうなんですか？」

パウルはどぎまぎして口ごもった。

「いえ……それは……あの……」

何と言ってよいかわからなかった。自分と牟田はそんな関係ではないと思いたい。だが、いっさい金の介在《かいざい》しない関係でもないのだ。

牟田はふっと自嘲《じちょう》めいた笑みを漏《も》らした。

「……たしかに金は使いましたね」

指から菓子の粉を叩《はた》き落《お》とし、牟田はきつい口調で言い切った。

「言いたい奴《やつ》には言わせておけばいい。自分で金を出してこの城を救おうともしなかった人間に、文句を言う権利などあるものか」

その剣幕は、ただ自分の事業に横槍《よこやり》を入れられたというだけで立腹しているようには見えなかった。

牟田が熱くなっているので、パウルは火消しに回った。

「あなたのことも、この城がどういう形でホテルになるかということも、何の情報もないから不安なのだと思います。このあたりは保守的な土地柄《がら》ですから。きちんと説明すれば、きっとわかってもらえます」

何か機会を作って、牟田を地元の人々に紹介するのは、自分の役目だと思った。今度のことは、これまでそうした根回しをしてこなかった自分にも責任がある。

どう紹介しようか、と考えたとき、大晦日《おおみそか》にダンスパーティを開くことを思いついた。その種の夜会なら、あまり気負わなくていい。親族と近隣の町村の主《おも》だった人々を招いて、古城ホテルのお披露目《ひろめ》をするのにいい機会だ。

だがこの提案に、牟田は気乗りのしない顔をした。パウルは熱心に言った。

「ミスター・シンは、お風呂のことでも冷房のことでも、僕の話に耳を傾け、理解を示してくださいました。あなたが理解されるように、僕も努力すべきだと思います。僕からあなたを皆に紹介させてください」

牟田はうつむき、顎を掻《か》いた。そして「ダンスか」と呟いた。珍しく気弱な溜め息とともに、ちらっとパウルに目を向け、

「私はダンスをやったことがないんです」

またうつむく。表情は読めないが、困惑しているのはわかった。牟田がひっかかっているのは、パウルの親族や住民と会うことではなかったのだ。

考えてみれば、こういう商売をしていれば、反対運動で住民と対立することなどよくあるトラブルだ。そんなものにたじろぐ男ではないだろう。

それが、ダンスができないと小さくなっている。何だかおかしくて可愛い。

「ダンスくらい、僕でよければお教えしますよ」

「あなたが？」

一瞬嬉しそうな顔をしたくせに、牟田はまた尻込《しりご》みする。「いや」とか「でも」とか、煮え切らないこと甚《はなは》だしい。

「ちょっと実地にやってみましょう。ね、簡単ですよ」

パウルは食堂から牟田を引っ張り出し、ホールの中央に誘った。

「とりあえず、ワルツが踊れればごまかせますから。初めは僕が男性のステップを踏みます。あなたはついてきてくださいね」

右手を牟田の背に回し、相手の左手を自分の腕にかけさせる。頭半分自分より高い男を女性として踊らせるのは、ちょっと無理があった。それでも牟田は、真剣な顔でされるままになっている。

「ほら。こちらが一歩踏み出したら、あなたは自然に退《ひ》くでしょう？　そうそう、それでいいんです」

牟田をリードしながら三拍子でステップを踏み、ホールを何周かすると、パウルは足を止めた。すっかり息がはずんでいた。

パウルは息を整えながら、牟田を見上げて励《はげ》ますようにうなずいた。

「では、リードしてごらんなさい。今度は僕が女性のステップでお相手します」

やってみると、この方がずっと楽だった。さっきまでの牟田のぎこちなさが嘘のようだ。カンがいいのか、のみ込みが速いのか、危なげなくパウルを支えてなめらかに足を運ぶ。申し分ない。

ただちょっと……熱が入りすぎている気がする。

「あの」

パウルはたまりかねて声を上げた。

「初対面で踊るのに、そんなにくっつくのはお行儀が悪いですよ」

「初対面？」

けげんそうな牟田に、念を押す。

「本番ではこちらの女の人と踊るのですから……」

相手は、なるほど、とうなずいた。

「背をもっと反らして。それに、腰をぎゅっと摑《つか》むんじゃなくて、手を背中に軽く当てるくらいの感じでいいんです。……こう」

背後に手を回して、張り付いている牟田の手を剝《は》がす。そしてもう一度ホール中央に出た。

「スロー、スロー、クイック。そう、お上手ですよ」

ハンナによってよく磨《みが》かれた床は、二人の靴の下で軽い摩擦音《まさつおん》をたてる。ターンするとき、それがわずかに高くなる。

その音に混じって、いつのまにか響きのいい鼻歌が聞こえていた。牟田がスキャットで口ずさんでいるのは、『美しく青きドナウ』だった。

隣国オーストリアの作曲家ではあるけれど、ヨハン・シュトラウスのワルツはドイツでも愛されている。パウルもこの曲を耳にするたび、ドナウをラインになぞらえて、祖国への思いに胸を揺さぶられる思いがする。

——しかし、日本でもポピュラーなのか。

遠く海の向こう、地の果てのように思われる極東の島国にまで、そのワルツが知られているということが不思議だった。

同じ音楽を美しいと思う感性が、二人の間に流れていることも。

——コメの料理法は違うけれど。

パウルはくすっと忍び笑いを漏らす。

孔雀石《くじゃくいし》の床の上を、二人はくるくると旋回《せんかい》した。

この場所に、契約のために牟田が踏み込んできたときは、自分の大切なものを奪われるとしか思わなかったのに。今はこの城になくてはならない人だという気がする——。

牟田のハミングが終わると、自然に足が止まった。牟田は、パウルと繋《つな》いでいた左手をすいと自分の方に引いた。そのまま持ち上げ、パウルの手の甲に、じかに唇を触れさせる。熱い感触に驚いて、パウルはとっさに手を引っ込めた。そして、気を悪くさせてしまったかと慌てて取《と》り繕《つくろ》った。

「ええと。それは最初にやるんですよ。レディにダンスを申し込むときに」

「ああ、そうなのか」

牟田は無邪気に頭を掻いたかと思うと、姿勢を正して深々とお辞儀をした。

「先生、ご指導ありがとうございました」

黒く艶《つや》やかな髪が、目の前でさらりと揺れた。いつもはきっちり撫でつけて高くそびやかされている頭が、無防備に差し出されている。思わず触れてみたくなる……。

本当に手を伸ばしかけ、パウルは慌てて引っ込めた。同時に相手も頭を上げる。パウルはほっと息をついた。自分はいったい、何をしようとしたのだろう?

いったん鎮《しず》まった鼓動がまた速くなるのに気づいて、パウルはとまどった。しっかりした手に支えられていた腰が、今は妙に心もとなく感じられる。

牟田はゴルトホルンにとって必要な人という以上に、自分にとって特別な人になっている。そう感じられて、なぜか胸が騒いだ。

クリスマスも近づいたある午後、ふと窓から見慣れないバンが城門を出ていくのを目に留めて、パウルは階段を降りて行った。玄関ホールでは、ヘルムートが困惑の表情を浮かべていた。何やら大きな包みを抱《かか》えている。

パウルの姿を見て、「ロンドンの画商から荷が届いておりますが」と包みを差し出してきた。ロンドン？　と首をかしげて受け取る。

「たしかに僕あてだけど……絵など注文した覚えはないよ」

だからといって、ただ眺《なが》めていてもしかたがない。

「ともかく開けてみよう」

そこをフロントにする予定で、応接間へのドアの横手に演台のような机が設置してある。パウルはその上に包みを載せた。ヘルムートが机の引き出しから小さな鋏《はさみ》を取り出し、十字にかけてあった紐《ひも》を切った。

何かの間違いだった場合を考えて、慎重《しんちょう》に梱包《こんぽう》をはがす。品物は、緩衝材《かんしょうざい》を使って二重三重に厳重《げんじゅう》にくるまれていた。

最後の薄紙をはがして、パウルは息を呑んだ。すぐ横でヘルムートも「あっ」と声を上げた。

青い聖母の衣。その頭上に霞《かす》む金の輪。ばら色の頬の幼児。二人を守るように背後で両腕を広げている男。

「リーフェン……！」

それっきり言葉が出ない。

リーフェンの「聖家族」だった。パウルがフランクフルトの画商に売り渡したものとは違うが、同じ画家でモチーフも同じであるだけに、よく似た雰囲気《ふんいき》を醸《かも》し出《だ》していた。

どうしてこの絵がここにあるのか。いったい誰が自分あてにこんなものを送ってくるだろう。パウルは途方に暮れて絵を抱えていた。

硬い響きの足音に気づいて振り向くと、牟田が階段を降りてきたところだった。パウルが大きな額を抱えているのを見て、

「ああ。やっと着いたのか」

何でもないことのように言う。パウルは舌をもつれさせた。

「これは、では、あなたが……？　どこでこれを」

牟田は手品の種を明かすように、両手を広げてみせた。

「例の絵の話が気になって、画商にあたってみたんだが、あなたの言ったとおり、すでに転売されていてね。残念ながら当の絵を買い戻すことはできなかった。でも、サザビーのオークションカタログにリーフェンの名を見つけたので行ってみたんですよ」

サザビーと聞いて、牟田と薬師寺がロンドンに行っていたことを思い出した。「クリスマスの買い物」とは、この絵のことだったのか。

「あの部屋の壁に掛けようということですか。でも、それなら、どうして僕あてに」

「あなたに差し上げようと思ったからですよ」

あっさりと言う。パウルはあまりのことに茫然《ぼうぜん》として、ただ男を見返した。

牟田は額に落ちてきたまっすぐな黒髪を掻き上げて、さらに驚くべきことを言った。

「十五万マルクとは買い叩かれたものだ。ほとんど倍でしたよ、それ」

魔法にかけられたように固まっていたのが、それを聞いて解けた。パウルは激しく首を振り、絵を彼の方に突き出した。

「いただけません。こんな高価なものを、あなたからいただく理由がありません」

聖誕の飾り物とはわけが違う。三十万マルクといえば、自分の給与の数年分ではないか。それこそ、金に目がくらんだと言われてもしかたがない。

牟田は目を伏せてそっと溜め息をついた。

「金のことを口にしたのは慎《つつし》みが足りなかったな。聞かなかったことにしてください」

「そんなわけには……!」

パウルの抗議の叫びを、相手は無造作に遮《さえぎ》った。

「どうってことはない。少々かさばるクリスマスカードというところです」

そこへ、騒ぎに気づいて薬師寺が階段を駆け降りてきた。牟田が言いつける。

「あれが届いた。王子さまの部屋に運んで壁に掛けて差し上げろ」

薬師寺は心得たもので、パウルの腕からさっと絵を引き取ると、きびきびした足取りで塔に向かう。パウルはどうしたらいいかわからず、後について上がる。そして、薬師寺が紐を調節して絵を壁に掛けるのを見守るしかなかった。

薬師寺が一礼して出て行くと、パウルはベッドに腰をかけて壁の絵を見やった。

今さら突っ返すわけにもいかない。もともとこの壁には、四角く残った日焼け跡を隠すのに、何か絵を掛けるべきだったのだ。だったらこれはホテルの備品ということだ。また、今すぐ出ていけとは言われていないのだから、所有権を争う――いや、押し付けあう必要はないのだし。

それでどうやら気持ちを収めたものの、牟田の意図をどうとってよいものか途方にくれた。まさか本気でクリスマスカードだなどとは思えない。

しかしその絵は、初めからそこにあったかのように、しっくり落ち着いていた。同じ画家の、同じ主題の絵だ。似合わない方がおかしい。

それでもパウルは、そこにその絵があることに、妙に居心地の悪い思いがした。金額の問題だけでなく、牟田が自分への贈り物を買うためにイギリスまで行ったのだということが、ひどく重く感じられた。

今日はクリスマス・イブである。薬師寺は、二、三日前にあたふたと帰国していった。一週間で戻ってくるという話だった。

「あいつは日本に恋人《コイビト》がいるのですよ」

牟田は訊《き》かれもしないのにそんなことを言った。

薬師寺を帰らせておいて自分は帰国しないということは、やはり牟田には恋人はいないのか。寂しいだろうと同情している自分と、なにやらほっとしている自分がいた。

牟田があの絵を手に入れるためにロンドンにまで行ったということを重荷に感じながら、恋人へのプレゼントを買いに行ったのではないということに胸を撫で下ろす。最近の自分は、どこかおかしい。

今までのように牟田に気安く言葉がかけられないのも、パウルには不思議なことだった。初めのころの、敵国の王と人質の王子のような緊張した関係はもう解消したはずなのに、なぜか身構えてしまう。お互いの間に、別の種類の緊張感が生じているような気がするのだ。

それでも、イブの晩餐《ばんさん》でテーブルにつくと、向かい合った席に牟田がいることが嬉しかった。彼がロンドンに行っていたわずか三日間の落ち着かないことといったらなかった――。

クリスマス料理には、ハンナもひときわ気合いを入れている。栗《くり》やリンゴ、芽キャベツを詰めた鴨《かも》のローストは、蜂蜜《はちみつ》を塗って焼き上げられ、つやつやとして見るからに美味《おい》しそうだ。

その大皿を運んできたヘルムートは、厳粛《げんしゅく》な顔で言い添えた。

「これを切り分けるのは、一家の主《あるじ》の役目なのでございます」

パウルがそれを英語に訳し、二股《ふたまた》の大きなフォークと肉切りナイフを差し出すと、牟田は慌てて固辞した。

「私はこの城の持ち主かもしれないが、一家の主とは言えないでしょう。あなたにお任せしますよ。お手並み拝見」

ロースト料理の切り分けは、父の死によって当主となった十五の年からやっていることだったが、パウルはいささか緊張した。今日は身内だけではない。牟田がもの珍しそうに手元を見ている。彼の前でへまをしたくないと思うと、指が震えた。

どうにか関節をうまくはずして、大きな腿肉《ももにく》を牟田の皿に載せる。パウルはほっとして、今度は自分のために胸肉を取り分けた。

「それでは、残りは台所に下げさせていただいて」

ヘルムートが皿を引きかけると、牟田が心外そうに言った。

「おいおい。たった二人でクリスマスの晩餐かい？　ハンナも呼んできなさい。ここでみんなで食べた方が、イブらしくて盛り上がるだろう」

通訳してやると、ヘルムートは顔を上気させて足早に出て行った。

やがてほかの料理とともに、ヘルムートはハンナを連れて戻ってきた。ハンナはエプロンをはずし、テーブルの下座についた。太った体を精一杯縮《ちぢ》こまらせている。

「ハンナは腿肉が好きだったよね？　ヘルムートは胸、と」

パウルはもう一度ナイフを振るった。

付け合わせのザワークラウトのキッシュは酸味が強く、口がさっぱりする。デザートはクリスマスにつきもののシュトーレンだ。芥子《けし》の実を使ったそれはハンナ特製で、日持ちのする市販品とはひと味もふた味も違った。

イブのご馳走《ちそう》を食べ終わると、パウルたち「一家」は、きちんと身支度《みじたく》して村の教会に出向く。城内にも小さな礼拝室はあるが、あくまで日常の祈りの場だ。ちゃんとしたミサは、教会に行かないと受けられない。

牟田も誘ってみたのだが、

「私は残りますよ。キリスト教徒でもないのに冷やかしで教会に行くと、バチがあたりそうだ」

冗談ぽく言って、手をひらひらと振った。整った顔にごく自然な笑顔が浮かんでいるのを見て、パウルの胸がとくんと高鳴った。

初めてこの城に乗り込んできたときの牟田は、さながら中世の鎧《よろい》に身を包んだ騎士だった。顎まで隠れる鉄の兜《かぶと》でもかぶっているかのように、冷たく無表情だった。だが今は、自分たちの前ではその鎧を脱いでくれているように思う。この二ヵ月たらずの間に、牟田はたしかに変わった——。

では自分は？　パウルはそう自問して、はっとした。

牟田の前で鴨を切り分けるとき、手が震えた。彼の視線を強く意識していた。指の震えは心の震えだ。

ダンスのときもそうだ。密着されて、ひどくどぎまぎした。からだの芯《しん》に思いもかけない熱が生じて、呼吸が乱れた。

契約のときは髪を摘《つま》まれて激昂《げっこう》したのに、クリスマス市で頭をくしゃくしゃにかき乱されたときは、妙に嬉しかった。

何が自分をそんなふうに変えたのだろう？

パウルはふいに、わけのわからない衝動《しょうどう》につき動かされて、脈絡のないことを口にしていた。

「でも、僕の結婚式には教会に来てくださるでしょう？」

牟田の顎がかくんと落ちた。

「え、ええっ!?」

これほど大きく牟田の表情が動いたのは、初めてではないだろうか。なんだか、フェンシングで強豪から一本取ったような気持ちになった。

得意の底に、妙に落ち着かないものがある。パウルはくすくす笑い、注釈《ちゅうしゃく》を加えた。

「僕をよほど子供だと思っていませんか？　これでも二十四ですよ。許婚もいるんです。……こういう中途半端な立場では、まだ相手に嫁《とつ》いでこいとは言えませんけど」

それは事実だ。しかし、なぜこれまで二人の間で話題になったこともない許婚の話など、自分は持ち出したのだろう？

　そのとき、目のくらむような思いで、パウルは理解した。

　自分は牟田が好きなのだ、と。雇い主として、あるいは事業のパートナーとしてではなく、牟田槙一郎《しんいちろう》という男に心を惹《ひ》かれている。そして、自分の気持ちの傾きを止めるために、許婚の存在を誇示《こじ》したのだ、と。

　牟田に似合う女性像を思い描けなかったのも道理だ。そんな存在を、自分は認めたくなかった……。

　牟田は驚きを収めると、礼儀を失さない範囲で好奇心を示してきた。

「お相手はどういう方ですか」

　自分の声がしらじらしく明るいのを感じながら、パウルは答えた。

「親同士の決めたことですが、幼なじみで遠縁です。小さいころはよくこの城にも来ていましたが、ここ数年は年に一、二度会うくらいで。僕も彼女も学校がありましたから」

　牟田はどこかほっとしたような顔をした。

「ああ。もしかしてまだ学生なのですか」

「スイスのフィニッシングスクールにいるのです。今は女子大を併設《へいせつ》しているところも多くて。彼女は来年で卒業です」

　牟田はなるほど、とうなずいた。

「そちらはお姫さまというわけか。お会いしてみたいものです」

「彼女も看板にする気じゃないでしょうね」

同時にぷっと吹き出す。だがその笑いは、どこかぎこちなかった。

牟田は唐突に訊いてきた。

「愛してるんですか」

どきりとした。あまりにも直截《ちょくせつ》な問いに答える言葉がないことに、パウルはうろたえた。両親が愛し合っていたかと訊かれたときのように、深くうなずくこともできなかった。

「長いつきあいですし、気心が知れていて。ええ、仲良くやっていけると思います」

精一杯正直な答えだった。正直で、しかし誠実ではない。愛があるか、という問いの答えにはなっていない――。

「それはよかった。どうぞお幸せに」

牟田の言葉は、パウルの耳にうつろに響いた。祝福してくれているのに、嬉しいとは思えなかった。ではどう言ってほしかったのか？　牟田としては、ほかに言いようがないだろうに。

もやもやした気持ちを抱えたまま、パウルはワーゲンの後部座席に乗った。

雪道では、ヘルムートの方が運転の腕は確かだ。チェーンを巻いたタイヤで、森の外を回る広い道をたどり、いつもの倍の時間をかけて最寄りの村の教会に着いた。

ヒルシュヴァルト家の席に、ヘルムートとハンナも並んで座った。大きくはない教会のことで、座席はほぼ満席になっていた。ふだん信仰の薄い者も、イブのミサはめったなことでは欠かさないのだ。

聖体を拝領し、賛美歌を歌い、ミサは粛々《しゅくしゅく》と進んでいく。神父がその日読んだ聖書の箇所は、マタイ伝第四章だった。イエス・キリストが荒野で悪魔を退けるところだ。

「あなたの神を試してはならない」

その聖句が、なぜか胸に突き刺さった。

やがてミサが終わって、人々は静かな高揚《こうよう》のうちに帰り支度を始めた。腰を上げかけたヘルムートに、パウルはそっと耳打ちした。

「ハンナと車で待っていてくれないか。神父さまにお話があるんだ」

再び席に腰を落ち着け、パウルは他の信者たちがいなくなるのを待った。

最後まで残っているパウルの姿に、神父は何かを感じたらしい。柔和《にゅうわ》な目で手招きされて、パウルは祭壇《さいだん》の前に進み出た。

「こんな日にとは思いましたが、ゴタゴタ続きでずいぶん長いこと告解《こっかい》をしていませんので……」

カトリックの信徒には、告解という名の懺悔《ざんげ》をする義務がある。それにかこつけて、心の重荷を下ろしてしまいたいと思ったのだ。

初老の神父は、ヒルシュヴァルト家を襲った不幸をよく知っていた。パウルの申し出をもっともなこと、と思ったのだろう。慈愛のこもった微笑を浮かべてうなずいた。

「かまいませんとも。どうぞこちらへ」

パウルは促《うなが》されて小さな聴罪室《ちょうざいしつ》に入った。格子《こうし》の向こうの神父に告白をするのだ。神父を通して天なる神がこれをお聞きになると思えば、嘘をつくことはできない。

パウルは自分の心と向き合うつもりで、ここしばらくの間にその身に起こったことを包み隠さず告白した。

牟田との出会い。彼の人となり。

ことごとに摩擦《まさつ》を起こしながらも、理解を深め、好意を持つようになったこと。

そうするうち、牟田への気持ちの傾きが、単なる好意の範疇《はんちゅう》ではなくなってきたこと。

そして、つい今しがたの会話を。

そのときは正体の摑めなかった違和感が、こうして神父に話しているとはっきりとわかってくる。

許婚がいると打ち明けることで、自分の気持ちに歯止めをかけようとした。そう思い込んでいたのだが、じつは牟田を試そうとしたのかもしれないと気づいたのだ。驚き以外の感情──怒り、嫉妬《しっと》、独占欲を、彼の表情の中に探そうとした。彼が自分をどう思っているのか、それが気になってしかたがなかった。

同性に惹かれていることよりも、牟田を試そうとしたことの方が、卑《いや》しく恥ずかしい……。

神父は黙って聞いていた。彼は、告解の秘密をけっして漏らさない。また、告解した者を責めることもしない。ただ、赦《ゆる》しを与えるだけだ。

パウルは最後に、深く頭を垂《た》れた。

「赦しと、罪の償《つぐな》いをお示しください」

神父は色のない声で言った。

「あなたの罪を赦します。眠りにつく前に、主《しゅ》の祈りを十回唱《とな》えなさい」

それから、親身な声になって囁《ささや》いた。

「神はいつもあなたとともにあります。神をもご自分をも見失うことがありませんように」

神父としてではなく、迷える若者を心から気遣う身近な大人としての助言だった。

パウルはもう一度深く頭を下げた。


大晦日《おおみそか》は朝からパーティの準備で大忙しだった。この城が大人数の客を迎えるのは、父母の葬儀《そうぎ》のとき以来だ。

人手はまずまず足りている。採用が内定した二人のメイドが研修を兼ねてすでに城に来てい

るし、都会でホテル勤めをしたことのある青年が、ヘルムートの助手を務めることになってい
た。ただ、三人ともまだ右も左もわからない状態なので、いちいち指示をしなくてはならない。さすがのヘルムートもこのヒヨコたちに振り回されて、いつもの余裕を失っていた。

「楽団は大丈夫か?」

牟田《むた》が時計を見ながら薬師寺《やくしじ》に確かめる。シュトゥットガルトの町から、弦楽《げんがく》四重奏の楽団を呼んであるのだ。

午後ともなると、それまで一人で料理の下準備に奮闘《ふんとう》していたハンナは、メイドの片方を調理助手に引っこぬいていった。午後七時までに、十五種類の料理を仕上げなければならない。うろうろしていたら、牟田でも駆り出しかねない勢いだった。

パウルは招待客の一覧やビュッフェのメニューを何度も点検した。夜会を主催するのは初めてのことだった。最初で、そして最後だ。今夜は自分が主人として、牟田を一同に紹介しなくてはならない。それで自分は表舞台から退場する。今後この城で催《もよお》しがあるとしたら、それは牟田槙一郎《しんいちろう》の名において執《と》り行《おこな》われるのだ。

やがて夕暮れとともに、客たちは続々とやってきた。久しぶりにすべての灯《あか》りがともされ、石の城は暗い森の中に華《はな》やかな光を放った。

パウルは彼らをホールに出迎え、西翼の広間に伴《ともな》って、牟田と引き合わせた。牟田はさすがの貫禄《かんろく》で、彼らを圧倒した。

ほとんどの客が到着した後、広間の入り口近くで、パウルは最後の一人を待っていた。ちょうどクリスマス休暇でスイスから実家に戻ってきた許婚《いいなずけ》を招待してあったのだ。

今度は牟田を試すためではない。牟田に対して抱《いだ》いている思いが青春の逸脱《いつだつ》だと、忘れなくてはならない迷妄《めいもう》だと、自分自身に納得させるためだった。

自分が牟田を思っているようには、牟田は自分を思っていない。分を過ぎた厚遇にはたしかな好意を感じるが、それも自分が看板以上の役に立つところを見せたからだと思う。

高価な絵をプレゼントしてよこしたのは、富豪の酔狂《すいきょう》というものだろう。パウルがそれを売り払ったり持ち出したりしないと信じているからに違いない。

許婚のことも、牟田は驚きはしたもののあっさり受け止めていた。もし少しでも自分に好意以上のものを抱いているのなら、「よかった」などと言えるはずがないではないか。

だがもしも……もしも万一、牟田がこの思いに応《こた》えてくれたなら。

パウルは強く首を振った。同性で異教徒。神の許さぬ関係に未来などない。落ちぶれたとはいえ、ヒルシュヴァルトの当主として、道を誤ってはならない――。

「お嬢さまがお着きになりました」

ヘルムートに耳打ちされて、パウルは彼女を玄関に出迎えた。許婚は復従妹《またいとこ》にあたる娘で、二歳年下だ。会うのはほぼ一年ぶりだった。

「リベカ、ようこそ」

しとやかに手を差し伸べてきた娘は、小柄《こがら》でほっそりしていた。少女のころはもっと頬がふっくらしていたが、ダイエットでもしたのか、今は尖《とが》った顎《あご》が洗練されたイメージを与える。濃い金髪を洒落《しゃれ》たショートカットにして、人目をひく華やかさがあった。

細い首にかかった金のチェーンの先にダイヤの粒《つぶ》が光っている。それは婚約の折にパウルが、というより、亡き父が贈ったものだった。当時は二人ともまだ子供だったのだ。いずれ指輪に直すつもりだった。

新米のメイドがもたもたとコートを預かるのへ、リベカは鷹揚《おうよう》に微笑《ほほえ》む。すっかり淑女《しゅくじょ》らしくなった。そして、小さく結ばれた紅《あか》い唇には、強い意志が感じられた。城が自分のものであったなら、城主の妻として非のうちどころなく、すべてを取り仕切ることができただろう。そう思うと、リベカに済まない気持ちで胸が一杯になった。

パウルはひそかに決心していた。

——ホテルの経営が軌道《きどう》に乗ったら、ここを出て行こう。ゴルトホルンが古城ホテルとしてたしかな歩みを始めるのを見届けて、王子の役を降りよう。それまでにいくらかでも給金を貯めて、堅実な職を見つけ、リベカと結婚する。心震えるような熱い思いはないが、互いを尊敬し、いたわりあって良い夫婦になれるはずだ。それでいい。牟田のことは一時の気の迷いとして封印するのだ。城を離れ、彼のもとを離れれば、きっと忘れられる。

リベカの手をとって、広間に導く。主《おも》だった親族は彼女を見知っている。彼らには目礼《もくれい》するにとどめて、パウルはまっすぐ牟田のもとへリベカを連れて行った。

「ミスター・シン。僕の許婚の……フロイライン・リベカです」

「なるほど。お似合いのお姫さまですね」

牟田はうやうやしくリベカの手をとって、その甲に軽く唇で触れた。どきっと心臓が跳ねた。パウルはすぐ、そんな自分を戒《いまし》めた。牟田への想いは封じると誓《ちか》ったのに、自分はいったい何を考えているのだ？

牟田はリベカの手をとったまま、パウルに問いかけてきた。

「婚約者より先に踊ってはいけないのでしょうね？」

パウルは快活に微笑んだ。

「そんなに堅苦しく考えなくていいのですよ。年越しのパーティはざっくばらんなものですから」

それを聞くと、牟田はリベカの手をとって、広間の中央に出て行った。楽団は、途切れることなくさまざまな曲を奏《かな》でている。今流れているのはワルツだ。二人はすぐに曲に乗って踊り始めた。

牟田はほっそりした娘を見事にリードしていた。ダンスの経験がないとは信じられないほどだ。ときに微笑み、リベカの話に耳を傾けている。彼女も上流階級の娘として、英語やフランス語は身につけている。牟田との会話に不自由はないのだろう。

牟田に続いて、今度はパウルがリベカと踊る。楽団は「美しく青きドナウ」を演奏し始めた。パウルの胸の奥深いところが灼《や》けるように痛んだ。牟田とのレッスンが思い出されたのだ。許婚と踊っているというのに、踊る相手が違う、という気がした。そして、そう感じた自分にどうしようもない苛立《いらだ》ちを覚えた。

目で探すと、牟田はどこかの奥方と上手《じょうず》にワルツを踊っていた。やはりダンスパーティは初めてだなんて思えない。じつに堂々と落ち着き払った態度だった。

「本当にご立派な殿方《とのがた》ね。私、東洋人ってもっと貧相かと思っていたけれど」

「ダンスがお上手で、物腰にも風格がおありでいらっしゃることね」

さざめきの中から、女たちの賞賛が聞こえてくる。パウルは誇《ほこ》らしさと妬《ねた》ましさとで息が詰まりそうだった。

やがて広間の時計が十二時を打った。人々はダンスを中断して新年の挨拶《あいさつ》を大声で交わし合う。

楽団が軽やかなポルカを奏でる中、皆はバルコニーに出て行った。用意されていた手花火やロケット花火に、てんでに火をつける。新年を祝って花火を上げるのだ。近隣の村からも、パンパンと賑《にぎ》やかな音が響いてきた。

午前一時を回ったあたりで、夜会はお開きになった。パウルはヘルムートとともに玄関ホールに立ち、帰っていく客を見送った。

そろそろ終わりかというところで、リベカに声をかけられた。

「パウル。お話があるの」

パウルは彼女をホール横の応接間に導いた。まだ神の前で結ばれていないのに、自分の寝室に入れるわけにはいかないと思ったのだ。

「今日は、来てくれてありがとう。楽しんでもらえただろうか?」

それには答えず、リベカは手を首の後ろに回し、ネックレスをはずした。そして壁際の三角テーブルの上に置く。

「これはお返しするわ。お約束はなかったことにしてくださらない?」

こうなることを、どこかで予期していたのかもしれない。衝撃は小さかった。それでもパウルは、「リベカ」とすがるような声で抗議した。

リベカはやや顔をそむけて、顎をつんと上げた。

「誤解しないでね? あなたが貧乏になったから結婚できないというのじゃないの。あなたに貴族の末裔《まつえい》としての気概《きがい》がないことに、がっかりさせられたのよ。……今日の経費だって、自分で払ったわけじゃないでしょう?」

たしかにその通りだった。パーティ関係の請求書《せいきゅうしょ》はすべて薬師寺が処理している。自分は名目だけの主催者。それこそ「看板」だ。

「あなたがどんな暮らしをすることになっても、自分の力で生きていくなら、私はついて行ったと思うわ。なぜこの城におめおめとどまっているの？　日本人のお情けにすがって恥ずかしいとは思わなくって？」

リベカに言われなくても、自分の不甲斐《ふがい》なさはわかっていた。何と言われてもしかたがない。だが、リベカの口ぶりに、牟田と自分の関係に微妙な含《ふく》みを持たせるものを感じて、パウルは抗弁せずにはいられなかった。

「お情けだなんて。シンはそれほど甘っちょろい人じゃない。僕に利用価値があると思うから、ここに留めているだけだ。それにいずれ、僕はこの城を出る。いつまでもこうしてはいられないということくらい、よくわかっているよ」

「いずれっていつ？　私、いつまで待てばいいの？　六月には卒業するのよ。卒業と同時にハネムーンに出るお友達も多いわ。私が何年も前から婚約していることは、みんな知っているのに。いつ結婚するかもわからない状態で、卒業パーティになんか出られない」

甘ったれた恨《うら》みがましい口調は、少女のころと変わらない。リベカが急に子供っぽくなった感じがした。先ほどまで見せていた淑女の顔はうわべだけだったのだ。

リベカはハンカチで鼻を押さえると、わざとらしいしおらしさで会釈《えしゃく》した。

「それじゃお元気でね……ごきげんよう」

金髪の頭をそびやかして、リベカは出て行った。

すぐに部屋を出る気にはなれなかった。パウルは、三角テーブルのそばのスツールに崩れるように腰を落とした。

城を失うことになるとわかったとき、リベカをも失う可能性に思い至らなかったわけではない。だが、リベカの実家に事情を知らせてやっても、これといった動きはなかったので、安心していたのだ。同じ血に繋《つな》がるよしみに寄りかかっていたのかもしれない。

しかしこうなった以上、リベカの親たちとも疎遠《そえん》になってしまうだろう。いずれは彼らを親と呼ぶはずだったのに。

リベカのことも熱い思いで求めていたわけではないけれど、だからといって、今さらただの幼なじみに戻ることもできない。自分は婚約者を失っただけではなく、またもや身近な存在を失ったのだと思った。このうえ何を失ったら、運命の地滑《じすべ》りは止まるのだろう。

これまでに失ってきたもののことを思うと、胸がせきあげて苦しい。パウルは喉元を押さえ、じっと身を固くしていた。

ものの十分ほどもそうしていただろうか。ノックもなくドアが開いた。

「ここにいるとヘルムートが……どうしました？」

パウルははっとして、テーブルの上に投げ出されていたネックレスを手の中に握《にぎ》り込《こ》んだ。

今日という日に、許婚に去られたことなど、牟田に知られたくはなかった。自分の思いはどうあれ、男として情けない立場であることには違いない。

だが牟田は目ざとかった。

「ははあ。やっぱりそういうことになりましたか」

やや顔を背けて言う。わずかに口もとが緩《ゆる》んでいるのがわかった。小馬鹿にしているのか、この事態を面白《おもしろ》がっているのか。かっと頭に血が上った。

——あの祝福の言葉は、「お似合いのお姫さま」というお愛想は何だったんだ。自分はそのことで心を悩ませたのに。それに「やっぱり」とはどういうことだ？　こうなるとわかっていたというのか。

裏切られたような思いにかられ、パウルは口を開いた。

「あなたのせいです」

八つ当たりだと思いながら、パウルは相手を詰《なじ》らずにはいられなかった。

「私があなたの口車に乗って、城に残ることを選んだから。名目だけの城主の座にしがみついたから、リベカは私を見限ったんです。貧乏なのはかまわないと言ってくれたのに」

「そんな御託《ごたく》を信じるんですか」

牟田は鼻で笑った。露悪的《ろあくてき》にさえ聞こえる調子で言う。

「女ってヤツは、自分を守るためなら、いとも上手に嘘をつきますからね」

「リベカが、どんな嘘をついているというんです」

気色《けしき》ばむパウルに、牟田はさらりと返してきた。

「一番嘘くさいのは、貧乏でもいい、というあたりかな」

「彼女はたしかに貴族階級の娘ですが、我が家と同様、慎《つつ》ましい家庭に育っています。服装だって、けっして華美じゃなかったでしょう」

牟田はやれやれと肩をすくめた。

「あなたにはわからないかもしれないが、あれは金のかかる女ですよ。頭のてっぺんから足の先まで、高級ブランドで固めてました。私はそういうのに詳《くわ》しいのでね」

詳しいというのは、ブランドではなく女のことではないのか。リベカや招待客の女たちに向けていた愛想のいい微笑みにまで、パウルはむかついてきた。

——僕にはなかなか笑顔を見せてもくれなかったくせに。

パウルは、かつてない陰険さで憎《にく》まれ口《ぐち》をたたいた。

「詳しいのは、ブランドの好きな日本の女にあれこれ買ってやるからですか」

ぴしゃっと頬を張られたように、牟田は目を見開いた。それからむっとした様子で切り返してきた。

「たしかに私には、女を見る目はありますよ。少なくともあなたよりは」

自分で煽《あお》ったくせに、牟田の言葉に心を傷つけられて、パウルは立ち上がった。

「そんなお話は聞きたくありません」

「聞きなさい！」

身についた高圧的な態度に、パウルは怯《ひる》んだ。肩を押して座らせられるのに抗《あらが》うこともできなかった。

「あの女は私に、独身かどうかと訊《き》きましたよ」

何を言いたいのかわからない。パウルは眉《まゆ》をひそめて見返した。

「私があなたに贈った絵のことも知っていました。誰から聞いたのかは知らないが。『気前がよくていらっしゃるのね』と言うから、『気に入った人間には誰だって気前がよくなるでしょう』と答えたら、目をらんらんとさせてましたからね」

パウルは弱々しく反問した。

「あなたは――何をおっしゃりたいんです」

「あれはいたって計算高い女だということですよ。あなたにはふさわしくありません」

牟田は、パウルの肩に用心深く手を置いた。そのままかがみ込んできて、ネックレスを握り締めた拳《こぶし》をそっと包む。そして、抑制《よくせい》の効いた声音で囁《ささや》いた。

「壊れて良かったのです。合わない相手との結婚生活がお互いにとってどれほど不幸か、あなたはご存じないでしょうが」

それを聞いて、パウルは愕然《がくぜん》とした。では牟田は、結婚していたことがあるのか。

そんなことも知らず、どういう女性なら彼の意にかなうかと憶測《おくそく》したり、クリスマスがらみで恋人の存在に気を回したりしていた自分が、ひどく愚《おろ》かに思えた。喉の奥に熱い塊《かたまり》が突き上げてくる。

パウルは相手の手を振りほどいて立ち上がった。

「ふさわしかろうとなかろうと、私を夫に選ぶ女なんかどこにもいません！　私はあなたに寄生しているに過ぎないんだから。違うと言うなら、給与に見合った仕事をください。馬丁《ばてい》を雇うにはおよびません。私が馬の世話をします。お望みとあらば、あなたの下男でも運転手でも」

感情的に言いつのるのを、牟田は頰を少し青ざめさせて、硬い声で遮《さえぎ》った。

「あなたがそんなことをする必要はない。あなたは私の……」

パウルは駄々っ子のように首を振った。

「私の仕事は王子だと言われました。でも、ただ身綺麗《みぎれい》にして上等の部屋に暮らして、自分では何も作らず生み出さず、高価なものを買い与えられているだけなら、金に目がくらんだと言われてもしかたがないでしょう」

牟田のこわばった顔に、傷ついた表情が浮かぶのがわかった。だが、なぜ彼が傷つくのかがわからない。その言葉によって貶《おとし》められているのは自分なのに。

牟田の気持ちを推《お》し量《はか》ってみる余裕は、パウルにはなかった。ひとつ息をついて、もっと過激な言葉を吐《は》き出《だ》す。

「これではまるで……愛人のようです」

口に出したとたん、かあっと頰に血が上った。自虐《じぎゃく》にしても、その発想の卑《いや》しさが我ながら情けない。

牟田はひきつった笑みを浮かべた。

「愛人？　これは面白いことを聞いた。あなたは愛人らしいことをしてくださってますか？　男の愛人になるということが、どういうことだかわかっているんですか」

口調は冷ややかでシニカルだが、その目には、怒りとも異なる熱が生じている。熱いだけではなく、変に粘っこい、危なっかしいもの。

パウルは得体のしれない危機感を覚え、そろそろと壁伝いに逃げようとした。

そのとき、だん、と音を立てて牟田は手のひらを壁に叩きつけてきた。パウルの退路を断つかのように。

「言いっぱなしで逃げるんですか」

逃がさない、と言わんばかりに、牟田はもう一方の手もパウルの顔の横にもってきた。彼の腕と体で囲い込まれた形になる。パウルは息を詰め、身を固くした。

ダンスのときのようには密着していないのに、覆《おお》い被《かぶ》さってくる牟田から、風圧のようなものを感じた。二人の間の空気が圧縮されて、にわかに密度が濃くなった気がする。

「愛人か。それもいい」

低く呟く。牟田はそのまま顔を寄せてきて、熱っぽく囁いた。

「何もかも取り戻してあげる、と言ったら？　葡萄《ぶどう》畑《ばたけ》も醸造所《じょうぞうじょ》も、あなたの手に。私にはたやすいことだ。あなたを飾り物の王子ではなく、本物の王子に戻してあげることもできる。

——その気になりさえすればね」

片手を壁から離し、パウルの顔に近づけてくる。

「私をその気にさせてごらんなさい」

指の先が頬に触れた。ざわりと産毛《うぶげ》が逆立《さかだ》つ。おぞましさからではなく、からだの奥から何かが呼び覚まされる気配に、パウルはおののいた。

ひたと見つめてくる黒真珠の瞳に、猛々《たけだけ》しい飢えが漲《みなぎ》る。その双眸《そうぼう》を正視できない。いっそ目を閉じてしまいたくなる。だが、閉じたら何をされるか、自分がどうなるかわからない。

パウルはごくりと唾《つば》をのみ、目を伏せた。

「何をおっしゃっているのかわかりません」

棒読みじみた声でやっとそれだけ返し、牟田の腕をくぐるようにして、パウルは小部屋を出た。自然に小走りになる。早く自分の部屋に逃げ込みたかった。

今夜の牟田はどうかしている。いや、自分もどうかしているのだ。なぜ、あんなことを口走ってしまったのだろう。よりにもよって、愛人などと。

『男の愛人になるということが、どういうことだかわかっているんですか』

深く考えもせず口に出した言葉が、牟田の反問によって、ひどく生々しいものになってしまった——。

螺旋《らせん》階段を十五段ほど上がったとき、

「パウル」

すぐ後ろから声をかけられて、ぎくっと振り向く。牟田が足音も立てずに追ってきていた。狭《せま》い螺旋階段は牟田の体でふさがれてしまい、その横をすり抜けて降りることはできそうもない。そして塔の上には、ほかに誰もいない。ひやりとした。

だが牟田は、さっきとはうってかわった丁重《ていちょう》さで許しを請《こ》うてきた。

「失礼をお詫《わ》びします。あんなことを言うつもりではなかった」

「いえ。いいえ。私もひどいことを言いました。だからもう」

パウルは後じさりに階段を一段上がった。相手は下手《したて》に出ているのに、わけのわからない恐れを感じた。牟田の表情がひどく真剣で、それこそ決闘《けっとう》に臨《のぞ》む騎士のようだったのだ。

案じたとおり、牟田は非礼を詫びるだけでは引き下がらなかった。

「言い方は悪かったが、あなたをお助けしたいのは本心です。許婚とやらがあなたにふさわしい女なら、私は彼女ごとあなたの幸せを守ろうと思っていた。だが、会ってみて気が変わりました。ああいう女にあなたを渡したくない。あなたを幸せにするのは、できれば私でありたい。なぜなら」

つたないドイツ語が耳をうった。

「イッヒ・リーベ・ディッヒ」

それは喧嘩腰《けんかごし》には聞こえなかった。甘く熱く、幼子《おさなご》が母を慕《した》うような切実さに溢《あふ》れていた。

パウルは混乱した。つい今しがたの不遜《ふそん》な口説《くど》きと、どちらが牟田の本心なのか。

「私は、あなたが、欲しい。城ではなく、あなたを、私のものにしたい」

やはりドイツ語で、ひと言ひと言区切って押しかぶせる。苦手なはずのドイツ語をあえて使って迫ってくる牟田は、狡猾《こうかつ》なのか不器用なのか。

逃げるようにもう一段上がろうとして、パウルはよろめき、階段に尻もちをついてしまった。牟田は三段ほど下からそのまま覆い被さってきた。階段に片膝をつき、パウルの後ろ頭を摑《つか》むなり、斜《なな》めから唇を重ねてきたのだ。

驚きのあまり、振りほどくこともできなかった。体勢も悪かった。背中が階段のふちに押しつけられて痛い。思わず眉をしかめたとき、牟田の腕が背に回って庇《かば》うように抱《かか》え込《こ》まれた。

背中は楽になったが、口付けはいっそう深くなる。

弾力《だんりょく》のある肉厚な舌が、ぐいと歯列を割ってねじ込まれてきた。喉の奥に縮《ちぢ》こまろうとするパウルの舌を、猟犬のように追ってくる。

「うっ……ん……」

ついに舌を絡めとられたとき、パウルは夢中でそれに応えていた。不信も憤《いきどお》りも押し流してしまうほど、巧《たく》みで情熱的な口づけだった。頭に靄《かすみ》がかかったようになって、何も考えられない――。

やがて、艶《つや》めかしい水音を立てて、唇が離れた。牟田の濡れた唇が動く。

パウルは夢から醒《さ》めたように慄然《りつぜん》とした。
情欲に掠《かす》れた声で囁かれ、パウルは夢から醒《さ》めたように慄然《りつぜん》とした。

牟田は自分をどうしようというのか。自分のものにするとはどういうことか。それがわからないほど、パウルも初心《うぶ》ではない。

その行為が神の前に罪であるという以上に、パウルはそういう関係に踏み込むことが恐ろしかった。引き返せないところまで行って壊れたら、もう元の二人に戻ることはできない。それはリベカとのことでも経験済みだ。そのとき自分は、友人としての牟田までも失ってしまう——。

パウルは自分を抱き起こそうとする牟田を、力いっぱい突き飛ばした。その瞬間、はっとしたが、彼は転落はしなかった。湾曲《わんきょく》した壁面がその背を受け止めたのだ。牟田は壁に寄りかかったまま、茫然《ぼうぜん》としていた。

「悪い冗談は、やめてください。どこまで私をからかえば気が済むんですか！」

パウルが叫ぶと、牟田の黒い瞳にさっと影がさした。だが、痛ましいほどの憔悴《しょうすい》の色は、すぐに消えた。

牟田はにやりと笑った。唇は、ひきつった傷のように見えた。

ぱんぱんと手で膝の埃《ほこり》を叩き、

「けっこう。その調子です」

すっかりいつもの平板なアクセントに戻って、こう続けた。

「あなたはいつか、私の笑った顔が見たいとおっしゃったが、私はあなたの怒った顔を見たかったのですよ」

「……なんですって……？」

驚きのあまり、階段から立ち上がることもできない。牟田は脅《おど》すように指を突きつけてきた。

「保証してもいい。古城ホテルを開業したら、あなたに言い寄る日本娘はひきもきらないでしょう。下手《へた》に甘い顔をしたら身がもちませんからね。これはダンスのレッスンのお返しです」

ははは、と乾いた声で笑い、牟田は背を向けて降りて行った。

パウルはよろよろと階段を上がり、部屋に転げ込んだ。子供のころのように、ベッドの脇に膝をつき、震える手を組み合わせる。頭を垂れて神に救いを求めようとしても、祈りの言葉が出てこなかった。何と言って祈ればいいのかわからない。

誘惑からお守りください。彼の罪をお赦《ゆる》しください。私を強くしてください。

どれ一つとして、今のパウルの惑乱《わくらん》した心に適《かな》うものはなかった。

ベッドに入っても、パウルは眠れなかった。風邪のひき始めのように全身がぞくぞくする。熱をもった唇をそっと擦《こす》ってみると、そこにまだ牟田の感触が残っているような気がした。なんと濃厚なキスだったことか。

自分はそれを、何とか冗談にしてしまおうと焦《あせ》った。しかしそんな努力は最初から必要なかったのだ。

牟田はパーティの余波か酒の勢いかで、度の過ぎた冗談を仕掛けてきた。本気にしてパニックに陥《おちい》った自分を、さぞおかしく思ったことだろう。

そう考えて納得しようとしたが、牟田の必死な眼差《まなざ》しが目の前にちらついて離れない。

『イッヒ・リーベ・ディッヒ』

自分の胸を揺さぶったあの切ない囁きが嘘だったとも思えない。それとも人は、母国語でさえなければ上手に嘘をつけるということだろうか。

では、日本語で「愛している」はどう言うのだろう？　それを牟田の口から聞いてみたいと思った。——聞けるはずがないとも思った。


ろくに眠れないまま朝を迎えてしまった。もう一度眠ることなどできそうにない。パウルは身支度《みじたく》をして部屋を出た。

城内はひっそりとしている。昨夜が遅かったから、ハンナもまだ起きだしていないようだ。ああいうパーティの次の朝、母はいつも使用人たちを寝かしておいて、自分で湯を沸《わ》かし、家族の朝食を用意したものだった。

パウルは母に倣《なら》って、自分で朝食の用意をしようと思いついた。牟田に「給与に見合った仕事をさせろ」と言った手前、そのくらいやってみせねば意地が通せない。

足音を忍ばせて階段を降りていくと、台所には先客がいた。薬師寺と牟田がやはり自分たちで沸かしたらしく、木の丸椅子に腰かけて茶を飲んでいたのだ。パウルはすばやく扉の陰に隠れた。

二人は日本語で話しているようだった。英語ともドイツ語とも違う、流れるように柔《やわ》らかな言語だ。むろんパウルにはひとことも理解できないのだが、自分の名前は聞き取れた。

「パウル」という言葉を発したのは牟田の方だった。思わず、蝶番《ちょうつがい》の隙間から中の様子をうかがう。

パウルは息を呑《の》んだ。そんな苦しそうな顔をしている牟田を見たのは初めてだった。秀《ひい》でた眉は歪《ゆが》み、唇は痛ましく震えていた。薬師寺が同情の色を浮かべて、何かなだめるような言葉をかけている。牟田は頭を抱え、低い呻《うめ》き声《ごえ》を上げた。

パウルは痛いほど激しく打ち始めた心臓を押さえて、そっとその場を離れた。どう考えていいのかわからなかった。

牟田はあのとき、本当にからかっただけだったのか。それならばなぜ、自分のことをあんなに苦しそうに語るのか。

一人になって考えたいと思った。だが今、塔の部屋には戻りたくない。牟田の買ってくれた例の絵がそこにある以上、牟田のことを冷静に考えられるとは思えない。

『気に入った人間には、誰だって気前がよくなりますよ』

牟田はただパウルが気に入ったから、絵を買ってくれたのか。葡萄畑も醸造所も買い戻してくれるというのか。まさかそんなことはとても信じられない。

では何が信じられるかとなると、また混乱してしまう。リベカとの婚約破棄《はき》を知ったときの、隠しすがるような愛の言葉、怖いほど真摯《しんし》な眼差し。ひきつった傷口のような唇。隠しても隠し切れない、してやったりという表情。

無表情だったころよりも、もっと牟田のことがわからなくなってしまった……。

パウルは頭を振って、玄関ホールに向かった。長靴《ながぐつ》に履《は》き替《か》えて、城の外に出る。森でなら本当に一人になれると思った。そこは牟田の影響力の及ばない世界であるという気がする。

夜半から降っていた雪はやんで、アイスブルーの空が雲間からのぞいている。空気の澄んだ美しい新年の朝だった。

裏門を出るあたりで、ロティが追いすがってきた。

「よしよし、おまえも一緒に来るか」

パウルは身をかがめて、その艶々《つやつや》とした耳を撫《な》でてやった。

犬はパウルの数歩先を歩き、跳ねるように吹き溜まりを越えていく。行く手の新雪の上には、ウサギと鹿《しか》の足跡がところどころで交差していた。

森の木々は雪をかぶって重く枝を垂《た》れている。その枝から、時おりバサッと大きな音をたてて雪の塊が落ちる。反動で、枝は挨拶するように上下に揺れた。何百年も前から変わらぬ森の姿だった。

　だがパウルには、それも次第に目に入らなくなっていた。頭を占めているのは、牟田のことばかりだった。

　森にもやはり牟田の影は残っていた。

『信頼を裏切ることはいたしますまい』

　古風な言い回し、芝居がかった指へのキス。そこに、昨夜の――いや、もう今朝《けさ》になるか――の、情熱的なキスが重なった。

　パウルの唇を押しつぶすように強く重ねられた牟田の唇。歯列を割ってしたたかに潜《もぐ》り込《こ》んできた舌の手馴れた動き。あんなキスは、リベカとだってしたことがない。

　あれを牟田は、自分をからかうために、あるいは言い寄ってくる女たちへの耐性をつけるために仕掛けたというのだろうか。

　頭がぐらぐらする。胸が苦しい。どこまで行っても、牟田から逃げられないという気がする。いや、そもそも自分は牟田から逃げたいのだろうか。心から望むことなら、神の使徒に助けを求める必要もなかったはずだ……。

　いつのまにか、また獣道《けものみち》に踏み込んでいた。引き返そうとしたとき、雪の林の中に、雲間からさした光を浴びて金属が光った。密猟者の銃口《じゅうこう》だと直感した。

はっと息を詰めて見返ると、林のはずれで角の王が若い雌鹿《めじか》と戯《たわむ》れているのが目に入った。狙《ねら》われているとは少しも気づかない様子だった。

「あぶないっ！」

パウルは後先考えず、大声を上げ手を振り回して鹿の方へ駆け出した。同時に銃声が響いた。鹿の足もとでパッと雪が散る。白い尻尾を閃《ひらめ》かせて、二頭の鹿は木の陰へ跳んだ。ざざっと林の中を人が逃げていく気配がした。

――よかった。間に合った。

そのとき、靴の下でみしっと不吉な音がした。心臓を冷たい手に摑まれたような気がした。パウルは体を投げ出して跳びのこうとする。

一瞬遅かった。伸ばした手が空《くう》を切る。足の下の雪原がかぶっていた仮面を脱いで、その恐ろしい素顔をさらした。凍った沼に雪が積もっていただけだったのだ。

幾何学《きかがく》模様に割れた氷の間から、パウルは沼に落ち込んだ。ごぼっと首元までシャーベットのような水が来る。冷たいというより、鋭い刃物《はもの》に切り刻まれるような痛みを感じた。悲鳴は喉の奥で凍りついた。必死でもがくと、ぐるっと体が回って、高いアイスブルーの空が自分を見下ろしていた。

ここで死ぬのだと思った。よく知っているはずの森で、こんなへまをするとは。

自分が死んだら、牟田はどう思うだろう？　最後の夜に手ひどくからかったことを後悔するだろうか。開業までに王子の代役を探さねば、と苦りきるかもしれない。それとも、心から悲しんでくれるか。自分にはもう、それを知るすべはない——。

気が遠くなりかけたとき、足の先が水底《みなそこ》を蹴《け》った。それほど深くはない、とわかった。パウルは気力を振《ふ》り絞《しぼ》って、重い腕で水を掻《か》いた。岸辺ではロティが狂ったように吠《ほ》えている。その声に励《はげ》まされ、パウルは何度か手を滑《すべ》らせてようやく草の根と犬の首輪を摑み、自身の体を地面に引き上げた。

だが、上がったところで身動きできなくなってしまった。全身の関節がこわばっていうことをきかない。縮み上がった肺から息が搾《しぼ》り出《だ》されるようで、めまいがした。

木《こ》の間隠《まがく》れに、城の塔が見えている。あそこまでは到底たどりつけないと思った。凍《こご》えた指で襟巻《えりまき》をはずし、やっとのことで犬の首に巻きつけた。きちんと結ぶことさえできなかった。

「行け、ロティ。行って、誰か、呼んでこい」

声はほとんど吐息《といき》に過ぎなかった。それでも賢い犬は理解した。「わかりました！」といわんばかりにひと声高く吠えて、ロティは駆け出した。

パウルはひたすら小さく丸まって寒風に耐えていた。どのくらいたったか、再び犬の声が近づいてきた。懸命《けんめい》に目を開けようとするが、霜《しも》のようなものが瞼《まぶた》を重くしていた。

「パウル！　どこだ！　無事かっ？」

耳に飛び込んできたのは牟田の声だった。歯切れのいい英語、快《こころよ》い声音。それがすぐに間近に迫ってきた。

ずぶぬれでうずくまり、がたがたと震えているパウルを見て、牟田はひと目で状況を察したようだった。

「失礼する！」

変に礼儀正しく言うなり、牟田は言葉と裏腹に手荒く濡《ぬ》れた服を引《ひ》き剝《は》がそうとした。濡れた衣類が肌《はだ》に張り付いて体温を奪う危険は、パウルにもわかっている。牟田のすることを手伝おうと試みたが、指先がかじかんで役に立たなかった。ただ浅く喘《あえ》いで、震えているしかできなかった。

牟田は最後の一枚に手をかけたとき、一瞬だけためらい、目をそらすようにしてパウルを全裸にした。そしてすぐ、例のカシミアのコートでパウルの裸体を被った。上物《じょうもの》らしく、素肌にちくちくしない。もっとも、体が冷え切って感じなくなっているのかもしれないが。

牟田は、さっと背中を向けてパウルをおぶった。パウルの両手を自分の首に回させようとしたが、力なく垂れてしまう。すると牟田は、腕を通さないコートの袖《そで》を自分の胸前で結び、パウルの体を揺すり上げて背負うと、歩きだした。

精一杯先を急ぐものの、雪に足をとられて何度もよろめく。歩きにくそうなのは、革靴を履いているからだ。長靴を探す手間を惜しんだのだろう。コートを脱いだ牟田は、薄手のコットンシャツ一枚のようだった。セーターを着てくる余裕もなかったのか。

だがその薄いシャツ一枚を隔《へだ》てた牟田の体温が、パウルの凍えた体を直接に温める。そして背中にかぶさったコートが、寒風を防いでくれた。

少し温《ぬく》もって人心地がつくと、パウルは自分の男の部分が牟田の背中に当たっているのに気がついた。裸でぴったり背中に抱きついているので、ちょうど背骨の突起にじかに当たる感じなのだ。

牟田が早足で歩くのに合わせて、それが擦れる。やがて、そこだけ灯がともったように熱くなってきた。物理的に擦られるだけでなく、牟田の体温が、鼻先を掠める黒髪から漂《ただよ》う香りが、ゆうべのキスの記憶を伴って、パウルの芯を熱くする。

こんなときにまさかと思ったが、たしかにそこは硬く勃《た》ち上《あ》がっていた。パウルは動転して、少しでも接触を減らそうとした。

「大丈夫ですか？　ひどく寒い？」

牟田はパウルがもじもじ動くのをどうとったのか、気遣《きづか》わしげに声をかけてくる。その声が背中から股間《こかん》にぞくんと伝わった。

パウルは食いしばった歯の間から、やっと言葉を絞り出した。

「……いいえ……っ」

泣きそうな声にうろたえたように、牟田はいっそう足を速めた。

城門には、ヘルムートと薬師寺が首を伸ばすようにして立っていた。こちらに気づいて駆け寄ってこようとするのへ、牟田はブロークンなドイツ語で怒鳴った。

「瑠璃《るり》の間に、風呂の用意！」

二人は同時に駆け出した。むろん、ヘルムートが大きく水を空《あ》けられる。薬師寺が振り向いて、「ご老体、寝床《ねどこ》を温めておいてください！」と叫んだ。

ヘルムートはそれを聞くと、玄関ホールから地下へ向かった。牟田は背中のパウルを一度揺すり上げておいて、そのまま螺旋階段を駆け上がる。雪に濡れた革靴がきゅっきゅっと苦しげな音をたてた。

瑠璃の間のドアは大きく開け放されている。浴室の方では、薬師寺が目一杯コックを捻《ひね》ったとみえて、勢いよく湯の注がれる音が響いていた。

そこへ、急を聞いてハンナが駆けつけてきた。太った体でよくそんなに速く階段を上がれたものだ。

「ああ、ぼっちゃま！」

コートの上から、覆い被さるように抱きしめてくる。牟田はその勢いに押されてよろめいた。薬師寺が浴室から出てきて、「湯が入りました！」と告げた。何やら古ぼけた包みを抱えたヘルムートもそこへ到着して、浴室まわりは急に手狭《てぜま》になった。

「さ、ぼっちゃま、早くお風呂に」

牟田の背中から引き剝がそうとするハンナの手に、パウルは抗《あらが》った。

「じ…自分で…」

ハンナは頓狂《とんきょう》な声を上げた。

「何をおっしゃるんですよう！　凍えて動けないでしょうに」

パウルは頑固に首を振った。

下が困ったことになっている。これをハンナに見られたくないと思った。いやヘルムートにもだ。親のような二人だからこそ、恥ずかしい。いたたまれない。

だが、濃密な口づけを交わした牟田なら。裸でその背におぶわれた牟田になら、知られてもいいと思った。

牟田の背中に顔を伏せて、パウルは声を震わせた。

「シンに……手伝ってほしい……」

ヘルムートとハンナが顔を見合わせる気配がした。

「私たちではいけませんので？」

おそるおそる、しかし詰《なじ》るような老執事の声。

そのとき牟田は何か勘づいたらしく、有無を言わせぬ口調で押しかぶせた。

「ここは任せてくれ。後で呼ぶ」

そう言って、広い洗い場に踏み込んでドアを閉めた。

大人二人がゆったり入れそうな浴槽《よくそう》からは、温かな湯気が立ち上っている。壁面の大きな楕《だ》円形《えんけい》の鏡も、湯気で曇っていた。

背中からパウルをずり下ろすと、牟田はくるりと向き直り、コートを剝がした。パウルは自由の利《き》かない手で、かろうじて股間を覆う。

牟田はコートを象牙色《ぞうげいろ》のタイルに放り投げ、シャツの袖を捲《まく》り、パウルを子供のように抱え上げた。ゆっくりと浴槽に沈《しず》めながら、手柄顔《てがらがお》で声をかけてくる。

「どうです、大きな風呂に改造しておいてよかったでしょう」

ひょうきんに片目をつむる。そのわざとらしい明るさに、牟田も心痛のあまり憔悴《しょうすい》していたことが見てとれた。

「少しぬるいでしょうが、いきなり熱くすると痛いですからね」

そう言われても、熱いもぬるいも感覚がなかった。肌が濡れていることさえわからないほどなのだ。

だがそのうち、皮膚《ひふ》の感覚がよみがえってきたらしく、樅《もみ》の葉の上を転がったときのような、ちくちくした痛みを感じるようになった。

それと同時にパウルの雄《オス》は、かじかみながら勃起《ぼっき》するという奇妙な状態から、正常な状態へと——つまり、いっそう大きく膨《ふく》らんできた。凍えた皮膚が突っ張って痛い。

隠しても隠し切れない隆起を、牟田は気の毒そうに見やった。

「それ、何とかしないと辛《つら》いですね」

正面切って言うと、湯の中に手を差し込んできた。そして、懸命に蓋《ふた》をしているパウルの手を剝がそうとする。

「やっ…、そんな、いけないっ」

「私に手伝ってほしいと言ったでしょう」

真面目《まじめ》なのかとぼけているのか、牟田はそう念を押すなり、赤らんだ先端を手のひらの窪《くぼ》みに収めてしまう。子供の頭を撫でるように擦られて、ずくずくと刺激が走る。パウルは喉の奥で呻いた。

「男ってヤツは変なもので……命に危険が迫ると、生殖《せいしょく》本能に火がつくんだそうですよ」

牟田は姿勢を変えた。本格的に「手伝う」つもりらしい。浴槽の縁《ふち》から身を乗り出して、片腕にパウルの腰を抱き寄せる。

「恥ずかしいことではありません。生きている証拠です。……生きていてくれて本当によかった」

しみじみした調子で言い聞かせ、パウルの中心を根元から握り込んだ。いとしそうにやわやわと揉《も》みしだく。

「ん…んうっ…ふぁっ…」

歯を食いしばってこらえると、鼻に抜けていっそう恥ずかしい声になる。ひとりでに腰が揺れた。それにつれて、明るい栗色《くりいろ》の茂みが湯の中でゆらめく。

牟田は感嘆《かんたん》の声を上げた。

「やっぱり下も同じ色ですね」

「……見ないで、ください」

消え入りそうな声で懇願《こんがん》すると、

「あなたが目をつぶっていればいいんですよ。自分の手だと思えばいい」

腰から離した手で、パウルの目をふさいできた。

言われたとおり、自分でやっているのだと思い込もうとしたが、うまくいかなかった。牟田の指は予想外の動きをする。次にどう動くかわからない。見えないだけに、その感触はいっそう鮮烈だ。

くびれのあたりを爪《つめ》で引っかいているような、ぴりっとした痛みの後に、敏感な部分を指の腹でぐいと捏《こ》ねられて、パウルは高い声を上げた。

「ひぁ…あっ……!」

慌てたふうに、牟田の手が口の方に降りてくる。ドアの外では、おそらくヘルムートたちが心配顔で、「ぼっちゃま」の湯上がりを待っているはずだった。

口をふさがれたまま、パウルは涙目で鼻を鳴らす。

「これ、いいんですね?」

牟田の声に歓《よろこ》びが混じるのがわかった。そしてパウルも、そのことに歓びを感じた。

古風な宗教教育を受けて育ったので、パウルは自分で処理することさえ後ろめたく思ってしまう。これまでは、排泄《はいせつ》と同じだと位置づけて、自分を納得させていた。

だが、これはそんなものではない。まぎれもなく愛の交歓《こうかん》だ。たとえ同性が相手だという罪の意識に翳《かげ》っていても。

パウルは襲ってきた波に耐えかねて、腰を浮かせた。牟田に摑まれた雄が打ち震え、精を放つ。大きな手が粘《ねば》つく液体をそのまま包み込んで、浴槽の外に流した。

半《なか》ば放心して荒い息をついていると、牟田はぐったりした体をすくい上げ、激しく上下する胸に唇を寄せてきた。心臓に近い方の尖《とが》りがきつく挟《はさ》まれる。パウルは息を詰め、濡れた腕で牟田の頭を抱き込んだ。黒い髪を転がり落ちる水滴が真珠のようだと思った。

ベッドには、古い陶製の湯たんぽが入っていた。パウルが子供のころ使っていたものだ。そのおかげで、足元がほかほか温かい。

ハンナが蜂蜜酒《はちみつしゅ》を湯で割ったものを持ってきてくれた。それは、するりと喉を滑り降りて胃の腑《ふ》に収まった。そこからじわじわと温《ぬく》もりが放散する。

パウルは毛布を引き上げ、満ち足りて目を閉じた。

そこへ、牟田が濡れた服を着替えてきた。パウルが眠っていると思ったのか、そばに控《ひか》える執事に小声で問いかける。

「彼、どんな具合?」

たどたどしいドイツ語に、ヘルムートが答える。

「もう大丈夫でございます。お医者さまの必要もありませんでしょう」

その言葉を証明しようとして、パウルは半ば身を起こした。

「ミスター・シン。ありがとうございました。あの、いろいろと」

ヘルムートに目くばせする。彼は心得顔に、ハンナを引っ張って出て行った。

二人っきりになると、急にきまりが悪くなった。ベッドの上で身を縮め、上目遣《うわめづか》いに持ちかける。

「ええと……あのことは、忘れてくださいますよね?」

牟田の騎士道精神に期待したのだが、相手はにべもなく撥《は》ねつけた。

「忘れられるわけがないでしょう。思いがけない役得でしたからね。……私を思ってああなったのなら、もっと嬉しかったが」

牟田は、パウルが催《もよお》したのを、危機的状況での生理現象と思い込んでいるらしい。おぶわれたのが牟田でなかったら、おそらくあんなことにはならなかったというのに。

牟田はひとつ咳払《せきばら》いして、スツールをベッドのわきに引き寄せた。

「さて。いったい何があったんですか」

こうして温かい毛布にくるまり、『聖家族』に見守られて牟田と向かいあっていると、あのときの恐ろしかったことが嘘のようだ。それなのに、パウルの声はかぼそく震えた。

「……密猟者が。僕は、角の王を助けようと」

銃口への恐怖からではない。この部屋に二度と戻ってくることができなかったかもしれないという実感が、今になってこみ上げてきたのだ。あのまま沼地に沈んでいたら、こうして再び牟田に会うこともなかった……。

牟田は鋭く舌打ちした。

「やっぱりそんなことか。銃声が近かったので、気になって外へ出てみたところへ、犬が戻って来たんですよ」

道理で来るのが早かったと思った。もしロティがなかなか人を見つけられず、城内に入れなかったら、危ないところだった。

ぶるっと身を震わせたパウルを見て、牟田は最悪の想像をしたらしかった。

「鹿には可哀想《かわいそう》なことをしましたね。だが、あなたにケガがなくて何よりだった」

「いえ。弾《たま》は、当たりはしませんでした。けれどあんな目にあったら、角の王は、もうこの森が安全な場所だとは思わないでしょう。群れを率《ひき》いて、よそへ行ってしまうかもしれない。この森から、ゴルトホルンから、鹿たちがいなくなってしまったら、僕は……っ」

パウルはついにしゃくり上げた。声を上げて泣いたことなど、子供のころ以来だ。牟田の前で恥ずかしいという意識も、どこかへ吹っ飛んでしまっていた。どうせ、もっと恥ずかしいところを見られているのだ。

「おかしな人だ」

牟田は目を瞬《しばたた》いた。「おかしい」と言いながら、その声は湿って温かかった。

「あなたには、もっとほかにいくらでも泣きたいことがあったでしょうに」

そう言われてパウルは、今度のことがロバの背を折る最後の藁《わら》だったのかもしれないと思った。

本当は、ずっと泣きたかったのだ。両親の死。城の譲渡《じょうと》。婚約者の離反。それらの不幸に遭《あ》うたび、パウルは自分を厳《きび》しく律《りつ》してきた。泣くまい。人を恨むまい。ヒルシュヴァルトの名にかけて弱音を吐くまい、と。

くずおれそうになる自分を支えるために、意地を張らずにはいられなかった。それがパウルの鎧《よろい》だったのかもしれない。

だが、牟田の前では、パウルは自然体になれた。冷徹《れいてつ》な辣腕《らつわん》実業家の仮面に不器用な子供のような素顔を隠した、この異国の男の前でなら。

牟田は、さらに言った。

「大丈夫ですよ。角の王は賢いヤツだ。あなたという守護者のいるこの森の方が、よそより安全だってことくらい知っているでしょう。きっとどこへも行きはしませんよ」

パウルは涙を拭《ぬぐ》って、ふいうちに訊いた。

「あなたはどうなんですか」

え、と眉を吊り上げるのへ、

「あなたもいずれ、僕を置いて行くんじゃありませんか。なんだか僕には、その方面の呪《のろ》いがかかっているような気がするんです」

冗談半分に水を向けてみたが、牟田は真摯に返してきた。

「言ったでしょう。私があなたを幸せにすると。あなたの望みが私の望みだ。あなたを置いて、私がどこに行くというんです」

いったんばらばらになったものが、すべての不純物を洗い流して組み直されたかのように、冴え冴えとした瞳だった。

牟田の本心を摑めないまま死ぬのかと思ったとき、パウルが後悔に苛《さいな》まれたように、牟田もまた、自分の真情を誤解させたままパウルを失ったかもしれないことに、血の引く思いをしたのではないか。

ならば、今度こそ彼を信じていいのだと思った。

歓びにくすぐられて、声が震える。

「僕の望みを叶《かな》えてくださるのですか？　どんなことでも？」

牟田は勢い込んで身を乗り出してきた。

「何がほしいんですか」

パウルはだるい手を上げて、牟田の髪に触れた。

ダンスのレッスンのときは、触れようとして手を引っ込めてしまった。牟田にどう思われるかと怖くて——自分の中に芽生えた思いが信じられなくて。

「あなたが」

ほしい、とまでは言えなかった。

指先を滑らせて、湿りの残るまっすぐな黒髪を梳《す》く。牟田は息を詰めて、されるままになっていた。

パウルは牟田の黒い瞳に目を合わせて、切々と訴《うった》えた。

「僕は、葡萄畑も醸造所も要《い》りません。あなたにそばにいて欲しい。望むことはそれだけです」

無条件開城にひとしい言葉を、しかし、牟田はほろ苦い笑みで受け止めた。

「本当にいいのですか？　あなたの親族の言うとおり、私は金でしか人を動かせない、最低の人間なのに」

「どうしてそんなことを！」

パウルは思わず高い声を上げた。

たしかに牟田とは売買契約を通しての出会いだが、心を惹《ひ》かれたのはそれが理由ではない。

「あなたの心配することではない」と言いながら、パウルの意見に耳を傾けてくれた。

「ノブレス・オブリージュ」と冷笑したものの、ヘルムートとハンナを家族のように思うパウルの気持ちに、いつしか歩み寄ってくれた。

「込みで買った」はずのパウルの人格を、つねに尊重してくれていたのだ。

牟田は、金にしか価値を認めないような心卑《いや》しい人間ではない。そんな男を自分は愛したりしない。

パウルは歯がゆい思いで詰った。

「僕の好きになった人をそんなふうに貶めないでください」

だが牟田は、自明の事実を指し示すように、淡々と言った。

「私は愛し方を知りません。あなたをいとしいと思うのに、どうやってそれを伝えたらよいかわからなかった」

ダンスができない、と言ったときとはうってかわって、まっすぐ顔を上げている。

「人間は、愛を学ばなければ人を愛することができない。私は学んでこなかった。あなたと違って、身近によいお手本がなかったのでね」

パウルはおずおずと訊き返した。

「それで、結婚生活がうまくいかなかったのですか？」

牟田はけげんそうに見返した後で、あっと思い当たった顔をした。

「いや、あれは私のことではなく」

言いさして唇を噛み、顔をそむける。

その様子から、パウルは気がついた。身内に、何か深い事情があるのだろう。そういえば、牟田は初めから家族のことに触れたがらなかった。

異郷で足元を見られまい、あなどられまいとする気負いが牟田の鎧なのだと思っていたが、もっと深いところで、鎧の下の鎖《くさり》かたびらのように牟田を縛《しば》っているものがあるらしい。

いつの日か、彼の心にわだかまるものを打ち明けてほしい。その重荷を分け持ちたいと思った。

とはいえ、物語は始まったばかりだ。「めでたしめでたし」にはまだ遠い。

牟田を愛しているけれど、愛されたいと思うけれど、ああいう行為にはやはりまだ馴染めない。快楽の波に攫《さら》われた自分を、あさましいとさえ思ってしまう。いつか自然に溶けあえる日がくるだろうか……。

パウルはわが身を省《かえり》みて、大真面目《おおまじめ》にアドバイスした。

「愛することも、これから学べばいいじゃありませんか。遅く始めたからって、身につかないとは限らないでしょう。ほら、ダンスだってすぐ上達したし」

オークルの肌がみるみる赤く染まった。目が落ち着きなく宙を泳ぐ。そんなにうろたえた牟田を見るのは初めてだ。自分は何かよほど恥ずかしいことを言ったのだろうか。

牟田はどこか上の空でパウルを横にならせ、毛布を直した。

「少しお休みなさい。私はここにいますから」

パウルは思い切ってねだってみた。

「手を握っていてくださいませんか。そうしたら、あなたはどこへも行けないでしょう?」

今度は、わずかに目のふちが赤らんだ。泣くのかと思った。

「……可愛《かわい》い方だ」

牟田は怒っているかのようにぶっきらぼうな調子で呟き、パウルが差し出した手をとる。

ふと眉を寄せて、

「困ったな。王子の代役を探さなくては」

パウルは耳を疑った。自分はやはり、役立たずなのか?

「シン、それはいったい」

身を起こしかけるのを、牟田はそっと押しとどめた。そして、極上の微笑を浮かべてかがみ込んできた。

「あなたを、私だけの王子にしておきたくなりましたよ」

そう囁いて、眠り姫にするようにパウルの瞼《まぶた》に口づけた。百年の眠りから起こすためでなく、安らかな眠りを約束するために。

きこうしはきしにまもられる

貴公子は騎士に護られる

The prince is guarded by the knight

久々に爽《さわ》やかな目覚めだった。

ぐっすり眠り、蕾《つぼみ》がひとりでにほころぶように、ぱちりと瞼《まぶた》が開いた。嫌な寝汗《ねあせ》もかかなかったし、夜中に咳《せ》き込《こ》むこともなかった。

「んっ……ふう」

大きく伸びをしてベッドに起き上がる。

低い朝日が瑠璃《るり》の間《ま》を薄赤く染めていた。

壁に沿って置かれたソファの上には、二枚重ねの毛布がきちんと畳《たた》まれている。部屋に泊まり込んで看病してくれたハンナは、もう起き出しているのだ。自分を起こさないよう、太った体をちぢこめて抜け出て行く姿が目に見えるようだ。申し訳ない気持ちでいっぱいになる。今度のことでは、彼女にもずいぶん世話をかけた……。

パウルは新年早々、凍った沼に落ちるというへまをした。命に別状なかったのは、神助《しんじょ》ともいうべき幸運が重なったおかげだった。中でも一番の幸運は、牟田《むた》がこの城にいてくれたこと。そして、パウルのことを気にかけてくれていたことだと思う。

だが、助かったと思ったのもつかの間、パウルは長いこと寝付くはめになった。次の日からすぐ普段の生活をしたのがいけなかった。夕方から熱が出て、ハンナに額とわきの下に氷嚢《ひょうのう》を当てられるやら、ヘルムートは町から医者を呼ぶやら、ひと騒ぎあった。

「もう大丈夫」というところを早く見せようとして、かえって皆に心配をかけることになってしまったのだ。

呼ばれて来た医者は、風邪《かぜ》をこじらせたのだ、とあっさり断じた。いろいろと疲れが溜《た》まっていたのではないか、と。

そう言われてみれば、大変な年末だった。初めて自分で主催する大きなパーティはもちろんのこと、牟田のこと、許婚《いいなずけ》のこと、さまざまに心を悩ませて、気が休まる暇《ひま》もなかった。風邪をひいたことが引き金になって、それらが一気に噴き出したのだろう。

この不調は思いのほかに長引いて、二十日近くも微熱が続いた。

昼間は少し調子がいいように思っても、ベッドに入って温《あたた》まると喉の奥から咳《せき》がこみ上げてきて、寝付きが悪くなる。それが翌日の不調を招く。

ハンナは瑠璃の間のソファに毛布を持ち込んで、つきっきりでパウルの看病《かんびょう》をした。喉を温めてくれたり、寝汗を拭《ふ》いてくれたり。そんなふうに世話を焼かれると、もう一度幼い子どもに戻ったようで、くすぐったい気分になったものだ。

牟田にもすっかり心配をかけてしまった。

それどころか、恨《うら》まれているかもしれない、とさえ思う。

ハンナがつきっきりでいる部屋に、牟田はしげしげと出入りはできないでいた。体が本調子でないパウルに何をするというわけではないにしても、せっかく思いを伝え合ったのに、隔離《かくり》同然の身では、さぞ焦《じ》れたことだろう。

パウルは、ハンナの仮眠用毛布を片付けようと決めた。こんなに気分よく目覚めたのだから、もう添い寝の必要はない。

食事も部屋に運ばせるのではなく、今日からは皆と一緒に食堂でとろう。寝巻きの上にガウンという、病人くさい格好でうろつくのもやめだ。

えい、と弾《はず》みをつけて起き出し、浴室で顔を洗い、髪を整えた。鏡に映る顔は、瞳にかかっていた膜《まく》が剝《は》がれたかのように、すっきりして見えた。

糊《のり》の効いたシャツとフラノのズボンに着替え、ウールのカーディガンを羽織って部屋を出る。螺旋《らせん》階段を降りて、そのまま食堂に行く。ドアを開け、「モルゲン」と元気な声をかけた。

この食堂は、以前は大きな樫《かし》のテーブルが真ん中にあるだけだった。今は八つの小テーブルが、それを囲むように配置されている。

奥まったテーブルについて英字新聞を開いていた牟田が、目を瞠《みは》るのがわかった。「モルゲン」と返し、「もうすっかりいいの」と声を弾ませる。

パウルは「はい」とうなずいて、牟田の向かいの椅子を引いた。牟田は読みかけの新聞をいそいそと畳み、身を乗り出してくる。

「その様子だと、ベッドに入るのは夜だけ、というわけですね。『床上《とこあ》げ』というんですよ、日本では」

きつい目もとにさざなみのような笑い皺《じわ》が寄っている。

この人のどこを見て、無表情などと思ったのか。今ではその方が不思議なくらいだ。

中央のテーブルに目をやると、自家製のハムとハーブのサラダがそれぞれ大皿に盛り付けてある。その横にはグラスと取り皿。暮れから城に来ているメイドの一人が、ガラス鉢《ばち》に入った何種類ものジャムを並べていた。営業を始めたら朝食はビュッフェ形式になるので、予行演習ということろだ。

そこへ、ハンナが籠《かご》いっぱいに小ぶりのパンを盛り上げて運んできた。

「焼きたてのブレッチェンですよう。熱いですよう」

彼女はパウルを見るなり、素朴《そぼく》な顔をぱっと輝かせた。

「まあ、ぼっちゃま！　今日はこっちでお召《め》し上《あ》がりで」

そのあけっぴろげな喜びようが、少々照れくさい。

「せっかくのブレッチェンが冷めないうちにいただこう」

牟田に促《うなが》されて席を立ち、中央のテーブルで用意された木皿に料理を取った。薬師寺《やくしじ》もやってきて、パウルの横に腰を下ろす。ヘルムートとハンナが隣のテーブル、ほかの使用人たちは遠慮《えんりょ》してか、入り口近くのテーブルにいる。客が入るようになれば、使用人は台所で食べることになるが、今は研修の意味合いもあって、朝と晩は食堂に会《かい》して食事をとることにしているのだ。

狐色《きつねいろ》に焼けたブレッチェンを二つに割ると、白い湯気がふわっと酵母《こうぼ》の匂《にお》いをさせて立ち上った。ぱりぱりに焼けた皮に、中身はもっちりとした、薄い塩味の朝食用のパンである。

三人だけで暮らしていたころは全てハンナのハンドメイドだったのだが、ホテルを営業するとなるとパン生地をこねるところまでは彼女も手が回らなくて、このごろは村のパン屋から半製品を納入してもらっている。

食事があらかた終わると、薬師寺はナプキンで口元を押さえ、牟田に報告した。

「例の日本人メイドですが、三月の末にこちらに連れて来るよう手配をいたしました」

グループ内のホテルから希望者を募《つの》り、英語に堪能《たんのう》な者を選抜すると聞いていた。すると、もう人選は終わったのか。

薬師寺はパウルの方に顔を向け、こう補足した。

「なぜすぐ来ないのかと思われるかもしれませんが、日本では四月がすべての始まりなので」

パウルは軽くうなずく。薬師寺はまた、牟田に向かって、

「馬は二月中に来る予定です」

「白い馬だろうな?」

牟田は念を押し、目を細めるようにしてパウルを見つめた。騎乗姿《きじょうすがた》を思い描いているのかもしれない。満足そうに顎《あご》を撫《な》で、

「王子さまは白い馬に乗っているもんだ。……高貴な気がするのは、白という色のせいかな。希少価値というほど少なくもないと思うが」

パウルは注釈《ちゅうしゃく》を加える。

「でも、生まれつき白い馬というのは滅多《めった》にいませんよ。よくいる白馬は、葦毛《あしげ》が年をとって白くなったもので」

「え。じゃあ、白馬ってのは、みなじいさんなのか。道理で、白い競走馬を見ないわけだ」

いくらか興《きょう》を削《そ》がれた様子の牟田を、パウルはフォローした。

「年寄りだといっても、大事にしてやればまだ十年は働きますよ」

それを聞いて、薬師寺は隣のテーブルにちらりと目をやり、「まったくですね」と思わせぶりに呟いた。視線の先には、老執事《ろうしつじ》がけげんそうに眉を寄せている。

薬師寺が何を考えたかわかって、パウルも思わず吹き出しそうになった。

以前は、ヘルムートと薬師寺がいがみ合っていることについて、どうしても身贔屓《みびいき》で薬師寺を批判的に見ていたと思う。それがこのごろでは変わってきた。ヘルムートも大事だが、今では、薬師寺も「家族」という意識になっている。牟田と相愛の仲になったから、彼の腹心である薬師寺にも親しみを覚えるのだろう。薬師寺の方でも、パウルを「雇《やと》い主《ぬし》の大切な人」とみなしているようだ。

牟田は「ごちそうさま」とナプキンを置いて席を立ち、薬師寺を促して食堂を出て行った。ホール横手の「鏡の間」に移動して、細かい話を詰めるつもりらしい。経営関係の資料などはそこに持ち込まれていて、開業後は「帳場」となる予定なのだという。

自分が寝込んでいる間にも、開業に向けて着々と準備は進んでいたのだと思うと、取り残されたような寂しさを覚えた。

――そうだ。あいつも寂しがっているだろう。

パウルはいったん瑠璃の間に戻り、身ごしらえして裏の離れに向かった。使用人の寮になっている離れの横には、ログハウスふうの犬小屋が置いてある。砂利《じゃり》を踏む音で気づいたのか、赤毛の中型犬がその中から這《は》い出《だ》してきた。

アイリッシュセッターのロティは、パウルを見るや、ヘリコプターのように尻尾《しっぽ》を振って飛びつく。

「よしよし。長いことかまってやれなくて悪かったね。久しぶりに散歩に行こうか？」

鎖《くさり》をほどいてやると、ハッハッと荒い息遣《いきづか》いで駆け出していく。その後を追って城の裏側を抜けようとしたとき、厨房《ちゅうぼう》の窓からハンナが声をかけてきた。

「ぼっちゃま！　温かくしてってくださいよう！」

パウルは手袋をはめた手を高く上げて応《こた》えた。

森の方へ行きかけるロティを口笛を吹いて呼び戻す。さすがにあの事故はちょっとしたトラウマになっていて、吹き溜まりが怖くてしかたがない。今日のところは雪掻《ゆきか》きをした道だけにしておこうと決め、パウルは城の周囲を大きく巡《めぐ》る散歩道を歩き出した。

ロティは振り返り振り返り、先だっていく。

よく晴れて風はないものの、寒気で耳がじんじんする。道の両脇は白く輝いていたが、日当たりのいいところは雪が溶けて黒い土が現れている。浅い緑に目を惹《ひ》かれて、パウルはふとかがみ込んだ。スノードロップが短い茎《くき》の先にもう蕾をつけている。

春は遠くないのだ、と思った。雪が消えたら森へ行こう。鹿《しか》たちの群れを探そう……。

一時間ほどで散歩から戻り、冷えた体を台所で温める。じつのところ、台所は城中で一番ぬくぬくできる場所なのだ。

旧式なオーブンの前で丸椅子にかけていると、ハンナがバケツいっぱいの冬リンゴを食料庫から運び上げてきた。

「それ、ジャムにするの？　下ごしらえを手伝うよ」

パウルは片っ端から小さなナイフでくるくると皮を剝《む》き、レモン水のボウルに放り込んだ。

昼どきになると、ハンナはライ麦パンにコールドミートを挟《はさ》んだものを用意してくれた。

牟田もふらりとやってきて、丸椅子を行儀悪くまたぎ、サンドイッチに手を伸ばす。大きく一口嚙《か》みとって力強く咀嚼《そしゃく》し、ごくんと吞《の》み込《こ》む。

「日本のパンと違って、歯ごたえがあるなあ。嚙めば嚙むほど味がしみ出てくる感じだ」

そんなことを言ったくせに、あまりよく嚙みもせず、先に食べ始めたパウルと同時に平らげてしまった。

そして、忙しそうに台所で立ち働くハンナに「いつものアレ」と片目をつぶった。蜂蜜酒《はちみつしゅ》をねだっているのだ。どうも悪い癖《くせ》がついたものだ。

牟田は濃い琥珀色《こはくいろ》のとろりとした酒を、目を細めて啜《すす》った。小さなグラスに半分が、ハンナの許す範囲の昼酒である。

まだ欲しそうにしている牟田をそこに残して、パウルは席を立った。

――少し休もうか。

「床上げ」とやらはしたものの、まだどこかけだるい。無理をして、また皆に迷惑をかけたくない。

螺旋階段を上がりかけたとき、追いついてきた牟田にやんわりと肘《ひじ》をとらえられた。耳元に吹き込まれる。

「あなたの部屋に行っても？」

パウルはさっと頬を染めた。

「ええ、もちろん」

――休むことにならないかもしれないな。

肩を寄せ合って階段を上がる間に、胸の鼓動《こどう》が速くなってくる。息が弾むのは、階段が急だからというわけでもないようだ。

上りきって、突き当たりのドアを開ける。部屋の中はひんやりしていた。ハンナが掃除に入ったとき、窓を少し開けたままにしておいたとみえる。清冽《せいれつ》な森の風で、病人くさい空気も一《いっ》掃《そう》されている。

パウルはほっと息をついた。じめじめと熱のこもった空気の中に、牟田を招き入れたくなかったのだ。

窓を閉め、ハンナが毎夜仮眠していたソファに、二人並んで腰を下ろす。

牟田はこほんと咳払いして、

「少し、寒いですね」

「今、ヒーターを入れましたから、すぐ温かく……」

「寒いでしょう？」

パウルの言葉を聞かないふりで、肩を抱き寄せてくる。じわりと沁《し》みてくるその温《ぬく》もりに、あの日、素裸《すはだか》でおぶわれたときの何ともいえない安心感がよみがえる。

「もうすぐですよ。春が来るのも、ホテルの開業も」

牟田はパウルの耳たぶに軽く唇を触れさせた。心臓がトクトクと高鳴るのがわかった。パウルは思わず上ずった声を上げた。

「開業は五月、でしたね」

オープンは切りよく五月一日。営業の認可もまもなく下りる見込みで、もう日本をはじめ海外の旅行社に案内は出してあるという。

問い合わせの電話が一日に何件もかかってくるし、ベストシーズンだからすぐ予約で埋《う》まるだろう、と牟田は勝算ありげだった。五月初めは、日本では学校も会社も休みが多いのだそうだ。一年中で一番美しい季節に休暇とは、うらやましい話だ。

牟田は、ふと眉《まゆ》を曇らせた。

「開業すれば、この部屋も客室になります」

パウルが使用人の宿舎で暮らすようになることを気にしているのだろうか。それは、城を売り渡したときから覚悟していたことだ。今さらな心配顔が不思議で、パウルはやや首をかしげて見返した。

だが、牟田の真意は別のところにあったようだ。

「この部屋がハネムーナーなどに使われるのは、嫌ではありませんか」

両親の思い出の残る部屋だからと気遣《きづか》ってくれているのだ、とわかった。

その思いやりが嬉しい。この城に引き移ってきたときもそうだった。倣岸不遜《ごうがんふそん》な態度の陰で、牟田は自分へのいたわりから、この部屋を使わせてくれたのではないだろうか。

パウルは首を振り、きっぱりと言い切った。

「神の祝福を受けて結ばれた夫婦の新床《にいどこ》となるのなら、亡き両親も祝福すると思います」

牟田はなにやら後ろめたい表情になった。

「しかし、ご両親は私のことはお許しにならないでしょうね。ご子息に不埒《ふらち》なことをする男だと、お怒りかもしれない」

「不埒……？」

時代がかった言葉づかいに、パウルは眉根を寄せて問い返した。

「こんなことです」

言うなり、牟田は唇を重ねてきた。そっと確かめるように触れ、それから角度を変えて、するりと舌を滑《すべ》り込《こ》ませる。

最初のときの、歯列をこじあけるような強引さはないが、もっと執拗《しつよう》だ。舌先で上顎《うわあご》を突つき、舌を絡めとり、どこまでも追ってくる。

「ん……っふ」

パウルは唇がずれた隙に急いで息を吸った。熱があるわけでもないのに、からだは火照《ほて》って震えている。このまま身を委《ゆだ》ねていていいのか。昼間っから、こんなお行儀の悪いキスをするものではない。そう理性が囁《ささや》く。だが、牟田の力強い舌の動きに翻弄《ほんろう》され、頭の芯《しん》がぼうっとしてくる。ためらいなど押し流されてしまう。パウルは牟田の腕をしっかり摑《つか》んで、長いキスに溺《おぼ》れた。

そのとき、コンコン、とノックの音がした。パウルはびくりと体を跳ねさせた。

ぱっと身を離し、糸を引く唇を慌てて手の甲《こう》で擦《こす》る。

「だ、誰？」

変に高い声が出てしまった。ハンナのがらがらした声が、それに応える。

「メイドのことで、ミスター・シンにお話がありますだ」

そのくらいのドイツ語はわかるらしく、牟田はやれやれという顔をした。やおら腰を上げ、ドアを開ける。そこに立っていたハンナは、にっと白い歯を見せた。

「ヤクシッジ《薬師寺》は、ミスターは瑠璃の間にはいらっしゃらないと言い張ったけんど、あたしはお二人が階段を上がってくのを見てたからね。絶対ここだと踏んでたんだあね」

得意げに胸を張る。

察するところ、薬師寺は、ハンナに二人の邪魔をさせまいとしてくれたようだ。どうやら彼は何もかも呑み込んでいるらしい。秘書とはそういうものなのか。

ハンナとヘルムートに、パウルはまだ牟田とのことを打ち明けられずにいる。親のように思う二人だからこそ、禁じられた恋心を打ち明けられない――。

二人のメイドの仕事配分についての相談に、牟田が答えるのをパウルが通訳してやると、ハンナは納得して去った。

それではとソファに腰を落ち着ける間もなく、今度は若いフロント見習いが階段の下あたりで大声を出しているのが聞こえてきた。

「ボスはどこですか？　誰か、ボスを見ませんでしたか？」

フランクフルトのホテルに勤めていたというだけあって、難のない英語だった。

「ボスは止《よ》せ、と言ったのに」

牟田は小さく溜め息をついた。

「どうも落ち着きませんね」

鳶色《とびいろ》の巻き毛を撫《な》で上《あ》げておいて、未練ありげに立ち上がる。ドアを開け、階段の下に向かってよく通る声を張り上げた。

「今行くよ。今度は何事だ？」

そしてパウルを振り返り、おやつを取り上げられた子供のようなしかめっ面《つら》をしてみせた。


牟田《むた》が他のホテルを見学に行こうと言い出したのは、数日後のことだった。

朝がたちらついていた小雪が昼になって止んだので、パウルはロティと食後の散歩に出た。帰ってきてみると、牟田は薬師寺《やくしじ》と例の小部屋でなにやら話し込んでいた。そして、開いたドアの前を通りかかったパウルに、顔を上げて声をかけてきたのだ。

「見学、ですか」

パウルはどう考えていいかわからないまま、二人の間の空《あ》いた椅子に腰をかけた。

「先行同業に学ぶのは大事なことですよ。あなたにとってもいい勉強になるはずです」

牟田の口ぶりは、パウルを共同経営者とみなしているかのようだった。

そういう牟田の気持ちはありがたいけれど、恋を語る二人になったからこそ、けじめは必要なのではないか。そうでないと、それこそ「愛人」になってしまう……。

パウルはとりあえず、よく知られた古城ホテルの名を挙げた。

「ネッカー河畔《かはん》のシェーンブルク城なんか、どうでしょうか。持ち主の元男爵《だんしゃく》が経営しているんですが、なかなか評判がいいようです」

牟田はちょっと考えて、こう突っ込んできた。

「元男爵というと、あなたと似たりよったりの階級ですね。ひょっとして、あなたは面《めん》が割れてるんじゃありませんか」

悪事でもたくらむかのような言い草にとまどいながら、パウルは切り返した。

「それは……近場の貴族同士、顔くらいは知っていますが。何かまずいことでも？」

牟田はこほんと咳払《せきばら》いし、目をあらぬ方に向けた。

「あなたとスイートに泊まるつもりなのですから、つまり、その」

彼の言わんとするところを察したとたん、ぼっと顔に火がつきそうになる。

「ああ。そ、そうですね」

知った人間の前で、男同士のハネムーンとしゃれこむわけにはいかないだろう。

「では、ええと。ライン川流域で探してみましょう。あちらは観光業者が経営しているところも多いですから」

薬師寺がすぐ「古城ホテルガイド」を差し出してきた。やけに用意がいい。

パラパラめくってみると、ドイツ国内だけでなく、フランスやベルギーの古城ホテルも網羅《もうら》してある。

「こうしてみると、けっこうあちこちにあるんですね」

牟田はわが意を得たりとぶち上げる。

「だから、ゴルトホルンならではの『売り』が必要なのです。本物のお城だというだけでは、客は呼べませんからね」

それを聞いて、パウルは納得した。なるほど、看板王子が必要だと考えたはずだ。

そして、何が売りになっているかも検討《けんとう》して行き先を選ぶべきだと気がついた。参考にするなら、傾向の似ているところがいいだろう。

ちょうど開いていたページのホテルは、ゴルトホルンとはまったく毛色が違っていた。

「ここは地下に温水プールがあるんですね。ちょっと近代的すぎないでしょうか」

牟田もそういう視点で候補を考えていると見えて、横から手を出してきてページをめくった。

ある程度目星をつけていたのか、古色蒼然《こしょくそうぜん》たる写真を指さす。

「こっちはうちと同じで、伝説が売りのようだ。『いばら姫の城』と言われているそうですよ。周囲が自然公園になっているところも似ているし」

「では、ライバルというわけですね」

「負けやしませんよ。こっちには本物の王子さまがいるんですからね」

二人は顔を見合わせて微笑《ほほえ》みかわした。

ああでもないこうでもないと、ガイドブックと地図を首っ引きに楽しいひとときを過ごしているところへ、ハンナが午後のお茶と焼き菓子を運んできた。

「おやまあ、なんだか、ハネムーンの行き先でも選んでるみたいだあね」

その無邪気な発言に、パウルは顔を真っ赤にしてうつむいてしまう。牟田は思い切り紅茶にむせた。

薬師寺はこほんと咳払いし、立ち上がる。

「ハンナさん。それ、僕のぶんは台所に用意してくださいよ」

甘えるように言う。

しょうがないねえと笑い、ハンナは薬師寺に背中を押されて出て行った。やはり薬師寺は、何かと気を利《き》かせてくれているようだ。

その気配りはありがたいが、少々きまりが悪くもある。牟田は薬師寺に、自分とのことをどういうふうに話しているのだろう。

もう取り澄ましてお茶を啜《すす》っている牟田を、パウルは上目遣《うわめづか》いにうかがった。

薬師寺が古城ホテル専門の代理店を通して予約してくれたのは、第一希望のライン河畔にある有名ホテルだった。

予約がとりにくいはずの人気ホテルで、最上の部屋を押さえることができたのは、季節が季節だからかもしれない。冬場に客を集めるのは、どこも難しいということだろう。

『オフシーズンをどう乗り切るかで、勝負が決まる』

牟田の言っていたのはこういうことだったのか、と改めて思い当たった。

明日は出発という日、夕食の席で、牟田はピクニックを楽しみにする子供のようだった。はたからはいつもの仏頂面《ぶっちょうづら》と見えるかもしれないが、パウルには牟田がワクワクしているのがわかった。ほんの少し声のトーンが高く、ナイフさばきが軽やかで、バターを回すときいつもより愛想《あいそ》がいい。

しかしパウルは、単純に楽しみにしてもいられなかった。牟田の前ではそんなそぶりを見せないように気をつけていたけれど、胸の奥に重いものを抱《かか》えていたのだ。

夕食を終えて部屋に引き取るとき、牟田と二階で別れた後、パウルは塔の部屋ではなく西翼の突き当たりに向かった。

そこには礼拝室があった。部屋には廊下からまっすぐ入れるようになっていて、入り口は扉の代わりにシルクのカーテンがかかっている。入って正面には聖母マリアの像が飾られ、その前に小さな祭壇《さいだん》が設置されていた。ほかには、五、六人が座れる木のベンチがあるだけの簡素なものだ。

かつて、ヒルシュヴァルト家の人々は村の教会には行かず、この礼拝室に神父を呼んでミサを上げてもらっていたという。今はそんな特権を行使することはないが、日常の祈りの場として、ハンナなどはしばしば出入りしているようだ。

パウルは祭壇の前の床に、ビロードのクッションを置き、そこに膝をついた。手を組み合わせ、深く頭《こうべ》を垂れる。

低い声で、しかし一語一語はっきりと告解《こっかい》した。

「私は、罪《つみ》を犯します」

それは男色の罪のことだ。神に背《そむ》く行いであることは、牟田に惹《ひ》かれ始《はじ》めたときから、心に重くのしかかっていた。だからこそ、クリスマスには教会で神父を相手に告解をしたのだ。牟田の心を試すような態度を恥《は》じたということもあるが、神に牟田への恋心を告白することで、自らに歯止めをかけたいという思いもあった。

信じる神は、自瀆《じとく》さえ禁じている。自分で処理する行為にも後ろめたさを感じるパウルが、牟田を受け入れる決心をつけられたのは、ただ彼に救われ、優しくされたからではない。固い鎧《よろい》の下に隠された、彼の不器用な誠実さに惹かれた。鎧の下で彼を縛《しば》っているものの正体を知りたくなった。知って、その鎖をほどく手助けがしたい。互いの荷を分け持って、共に生きていきたいと願ったのだ。たとえ、神がお赦《ゆる》しにならないとしても。

パウルは言葉を継いだ。

「しかし、あのままリベカと結婚していたら、私はもっと大きな罪を犯すところでした。神の前で結ばれる相手にまことの心を持たないなど、結婚の誓《ちか》いを冒瀆《ぼうとく》するものにほかなりませんから」

自然に反する恋心も罪なら、自分の心を偽《いつわ》ることもまた罪なのだ。どちらが重いなどと比べることはできないと思う。

「いずれにしても罪深いことは承知しております。お許しください」

いったん深くうなだれた頭を、パウルはおそるおそる上げた。どこか哀《かな》しげなマリアの眼差《まなざ》しが見下ろしていた。

限りない優しさと憐《あわ》れみ。人の心の弱さ、罪深さを理解し、寄り添う眼差しだった。

その慈愛深い瞳に背中を押される思いで、パウルは誓った。

「ですが……私はけっして神を離れるのではありません。人を愛することのできるこの心を、神に捧《ささ》げるつもりで、シンと添います」

遠い国から来た、自分とは何もかも違う男。しかし、どこかに共鳴する弦を隠している男。彼と出会ったことこそが、神の秘蹟《ひせき》なのだと信じたかった。

ずいぶん早く目が覚めたものだ、と思った。やはり気が昂《たか》ぶっているのだろうか。もう一度眠りに戻る気持ちにはなれず、パウルは起き出して、窓から明けゆく森を見渡した。朝方の冷え込みはきついが、確実に夜明けが早くなっている。

ハンナの用意した朝食をとり、城の玄関を出るときには、もう森の梢《こずえ》を太陽が明るく照らしていた。

黒いベンツのハンドルを握《にぎ》るのは牟田《むた》だ。

彼は国際免許を持っていた。日本で運転免許を取っていれば、わりあい簡単に取得できると言う。

そう言われても、いつもは薬師寺《やくしじ》が運転しているので、パウルには危なっかしい気がしてしかたがない。

「大丈夫ですか。日本車はハンドルの位置が反対でしょう」

牟田は飄々《ひょうひょう》と返してきた。

「私は日本でもベンツを使っていますから慣れています。疲れてきたら、あなたに代わってもらいますよ」

森の中の小道を抜けて、シュルツゼーの町に出る。そこから広くなった道を、ハイデルベルク方面へとたどった。「城から日帰りできる、日本人に人気のある観光地」ということで選んだ目的地だった。

道の両側に広がる野原は今は冬枯れているが、五月ともなれば輝くばかりの緑に萌《も》えたつはずだ。

三十分ほどで、道路わきに青地に白の表示板が見えてきた。アウトバーンの入り口だ。三車線の自動車専用道路に入るや、牟田は張り切ってスピードを上げた。

「一度、思う存分飛ばしてみたいと思っていたのですよ。日本では高速道路も八十キロの制限があるのでね」

パウルはちょっと驚いて訊《き》き返《かえ》した。

「八十キロ以上で走ってはいけないのですか？」

アウトバーンには時速制限はない。高速道路とはそういうものだと思っていたのだ。

牟田はハンドルを握ったまま、肩をすくめた。

「まあ、律儀《りちぎ》に守るヤツはいませんが」

そして解説を加える。

「日本の道路はカーブが多いので、ある程度の制限はやはり必要です。こちらの道路はみごとにまっすぐですね」

「アウトバーンは、戦闘機《せんとうき》が飛び立てるように作ってあると聞きました。戦争の唯一《ゆいいつ》の良き遺産《いさん》と言えるのかもしれません」

ふいに、牟田は斜《なな》め前方に顎《あご》をしゃくった。

「あれは何?《ヴァス・イスト・ダス》」

牟田はこのごろ、挨拶《あいさつ》程度の易《やさ》しいドイツ語を頻繁《ひんぱん》に使う。努めてこの国になじもうとしているようだ。

彼が示したのは、冬枯れの草原に整然と並ぶ暗灰色の塊《かたまり》だった。パウルにとっては珍しいものではないから、本当にそれについて訊《き》かれているのかどうか確信が持てず、「どれですか」と返す。

牟田は今度は片手を離して指さした。

「あの、テトラポットみたいなものです」

「ああ。あれは戦車止めです」

「えっ?」

「戦車」がわからなかったかと、もう少し噛《か》み砕《くだ》いて説明してやると、牟田は大きくうなずいた。

「なるほど。島国日本の戦争とは違いますね。地続きだから、他国も戦車で攻め込んでくるというわけか」

「日本は海戦に強かったと聞いていますが。パールハーバー、でしたっけ。それにゼロ戦。カミカゼという戦法をとっていたとか」

牟田は感服したように、ひゅう、と口をすぼめた。

パウルは何気なく速度表示に目をやって、ぎょっとした。早口に注意を喚起《かんき》する。

「ちょっ、二百キロ近く出てませんか？　カミカゼは御免《ごめん》ですよ！」

牟田は笑ってスピードを落とした。

途中、カルプの町に立ち寄った。ヘッセの小説『車輪の下』の舞台になったところだ。

そこを見物しようと言い出したのは牟田だった。

「日本では、ヘッセは人気があります。若いころに一度は読んだという中高年は多いですよ。中学校の教科書にも載っていますからね」

町の中心、市庁舎のそばの駐車場に車を停める。厚手のセーターの上にそれぞれコートを引っ掛けて降りたが、やや窪地《くぼち》になっているせいか、風が当たらなくて寒さはさほどではない。

観光シーズンではない上に、ヘッセ以外に売りのない町は、閑散《かんさん》としていた。それでも、町の中央広場には二つの噴水があり、町を横切って流れるナーゴルト川の水は清く、遠くに見える山なみは青くくっきりとして美しかった。

橋のたもとには、ゴシックふうの小さな礼拝堂があった。これも小説の中に登場するものだ。

牟田はその前で小さく十字を切った。

マルクト通りのヘッセの生家、博物館と見て回る。

オンシーズンなら、何人か客が集まればガイドツアーも行われるそうだが、今は生家も博物館も、眠そうな老女が番をしているだけだった。

ドイツ語の読めない牟田は、興味を惹《ひ》かれるものがあると、パウルを呼んで翻訳《ほんやく》させる。城にいるときより、自分が直接に役立っているようで、パウルにはそれが嬉しい。

牟田は熱心な生徒のようにあれこれ質問し、作品についてもけっこう突っ込んだ知識を披瀝《ひれき》した。

パウルはつくづく感心してしまった。

「日本というのは不思議な国ですね。ドイツ人でも若い人はヘッセを読みません。あなたが『ブレーメンの音楽隊』や『ハメルンの笛吹き』の話を知っていたのも驚きでしたが」

「メンタリティーが近いのかもしれませんね。それに、日本の子供は、まずグリム童話で物語の世界を知りますからね」

なるほど、と思った。

子供のときに触れたものに、人はずっと懐《なつ》かしい思いを抱《いだ》くのだろう。同じ童話を読んで育てば、異民族でも心のありようは似てくるのかもしれない。

そういえば、牟田を身近に感じたのは、彼が雨姫さまの話を知っていたことからだった。いつかゆっくり、童話や文学の話もしてみたい……。

「おっと。もうこんな時間か」

牟田は腕時計を見て声を上げた。博物館を後にして車に乗り込み、再びアウトバーンに戻る。ハイデルベルクの町に着いたときは、とうに昼どきを過ぎていて、二人ともおなかがぺこぺこだった。

大きなレストランのそばの駐車場に車を入れたものの、牟田はその店には背を向けた。

「夕食はホテルでしっかりとらないと、敵情視察になりませんからね。何か軽いものを……。日本なら立ち食い蕎麦《そば》か、マックだな」

「それなら、『ノルトゼー』がいいでしょう」

パウルは自信たっぷりに推奨《すいしょう》した。

「シーフード中心のハンバーガーショップというか。きっと日本人の口に合います」

牟田は疑わしそうに鼻に皺《しわ》を寄せた。

「……サバの燻製《くんせい》とかじゃないでしょうね」

「白身のフライやエビですよ」

半信半疑だった牟田だが、店に連れていき、実物を見せると納得した様子だった。

小エビとサーモンのマリネを挟《はさ》んだバーガーをひと口囓《かじ》り、

「うん。これはいける。いわゆるハンバーガーよりずっといい」

店内に座れる席が少ないので、歩きながら食べることにした。

「哲学者の道」やハイデルベルク城といった定番の観光名所を、肩を並べて歩く。クリスマス市《いち》のときも、グリューワインを飲みながらこうして歩いた。あのときはまだ、互いの思いを知らなかった——。

ドイツでも有数の観光地だけあって、クリスマス前後でもないオフシーズンのわりには人出が多い。一見して日本人と思われる観光客の姿も、土産物屋《みやげものや》の周辺にちらほら見られた。

アーチ式の赤い橋を渡る。ネッカー川の水面《みなも》を渡ってくる風が冷たい。牟田は自分のコートで包み込むように肩に手を回してきた。パウルは頬を染め、その腕に体を預けた。

牟田とロンドンの町を歩いてみたいと思ったこともある。だが飛行機に乗れない自分は、これからも海外に同行するのは無理というものだ。それを残念には思わない。ドイツには、牟田とともに歩いてみたい街がまだいくらでもあるのだから。

夕刻、宿泊先のアルテブルク城があるハイゼリンゲンの町に着いた。街道に出ている標識を頼りに、山上への道をたどる。

かなり急勾配《きゅうこうばい》の坂を上がると、いかつい城門に迎えられた。

ここは城砦《じょうさい》タイプのようだ。また、森の中のゴルトホルンと違い、川を見下ろして開けた眺望《ちょうぼう》が見事だ。

石のアーチをくぐって、車を駐車スペースの一つに入れ、外に出た。

駐車場は切り立った崖《がけ》に面していて、今しも沈《しず》もうとする夕陽が、眼下のラインの川波を金色に染めていた。対岸の教会や市庁舎の建物が黒いシルエットになって夕闇《ゆうやみ》に溶ける。

ほう、と牟田は嘆声《たんせい》を上げた。

「眺《なが》めが一番の売りだな、ここは」

左手にそびえる城壁を振り仰《あお》ぐと、銃眼と思われる窪みが刻々と暗く沈んでいく。

悠久の歴史を切り取ったような情景をしばらく眺めてから、牟田は城館の方に足を向けた。パウルも後に続く。

玄関は、彫刻のある樫《かし》の扉が片側だけ開いている。暖かい光に誘い込まれるように、二人は城内に入った。

フロントは意外にこぢんまりしていた。やはり、ホテル化にあたって大掛かりな改装は避けたのかもしれない。

中年の品のいい女が、流暢《りゅうちょう》な英語で応対する。

「日本からおいでのムタさまですね。お申しつけどおり、当ホテルで最上のお部屋をお取りしてございます」

英語なら牟田もわかるのだが、パウルが進み出てドイツ語で応対した。ホテルブックに必要事項を書き込み、チェックインを済ませる。

男二人で最上のスイートに泊まることについて、薬師寺は、日本の観光業者とその現地通訳という触れ込みで予約をとっている。少しは通訳らしいところを見せなければ不自然だろう。

フロントのカウンターには、この城の絵葉書が何枚か飾ってあった。

牟田がそれを見ているのに気づいたのか、フロントの女はにこやかに勧めてきた。

「こちら、販売もしております。記念にいかがですか?」

古城ホテルはそれ自体が絵になるのだな、と感心して、パウルは一セット購入した。参考資料になるかと思ったのだ。

女はルームキーを差し出し、ベルを鳴らしてボーイを呼んだ。

二人は若いボーイに荷物を任せ、勾配の緩《ゆる》い螺旋《らせん》階段を三階まで上った。

通された部屋は、ゴルトホルンの瑠璃《るり》の間より豪奢《ごうしゃ》な気がした。壁にはどっしりしたタペストリーがかけられているし、床のカーペットは中国の段通《だんつう》らしかった。

ボーイはまっすぐ奥の間に二人を案内し、クローゼットに荷物を入れた。

牟田は、下がろうとするボーイにチップを手渡した。その物腰は自然で、チップの習慣がない国から来たにしては場慣れしている。ちょうどいい額をちょうどいいタイミングで渡すのは、けっこう難しい。

ボーイが去った後、部屋をチェックする。入ったところが居間、奥が寝室になっていて、浴室は奥の間にあった。

ベッドにカーテンが廻《めぐ》らされていて、紐《ひも》をほどけば二人だけの空間になるのは、瑠璃の間と同じだ。

寝室には、外に向かって張り出した窓があり、暮れなずむライン川を見下ろすことができる。さっき駐車場から見たときよりも、いっそう高く感じられる。塔に幽閉《ゆうへい》されたおとぎ話の姫君のような気分だ。

パウルは窓辺に腰を下ろし、買ったばかりの絵葉書を広げてみた。同じ城でも、撮《と》る角度や現像するときの色の処理でずいぶん雰囲気《ふんいき》が違う。

牟田は横からのぞき込み、「うちでも作っていますよ」と言い出した。

えっと顔を上げる。

「ここのより雰囲気がありますよ。薬師寺は、あなたの写真も絵葉書にしようと主張したんですがね」

自分の写真が絵葉書に……。

それは少々きまりが悪いが、看板であるからには、そういう仕事もアリだろう。

「すみません、僕が寝込んでいたから用意できなかったのですね」

「いえ」

牟田はちょっと頬を赤らめてそっぽを向いた。

「私がノーと言ったんですよ」

看板にしようとしたくせに、絵葉書にはしたくない。それはどういうことか。『私だけの王子にしておきたい』発言を思い出し、パウルはくすぐったい思いに駆られた。

牟田はちらりと腕時計を見て、

「そろそろ夕食に行きませんか」

そういえば、昼が軽かったせいか、かなり空腹だ。

フロントの女性は、「夕食は午後七時以降、ジャケット着用」と言っていた。パウルはクローゼットに吊《つ》るした服をさっそく取り出した。格式のあるレストランでは、それに見合った身なりをしなくてはならない。

パウルはディナージャケット、牟田はスーツにそれぞれ着替え、一緒に部屋を出る。ドライブ中の、セーターにハーフコートというラフな格好もいいが、牟田にはかっちりしたスーツが実によく似合う。自分の前を歩く堂々とした後ろ姿に、ほれぼれする思いだった。

階段を降りて一階の食堂へ行く。

黒服のウエイターが出てきて、奥へと案内してくれた。窓際の席を勧められる。彼が持ってきたカルテ《メニュー》には、ドイツ語の下に英語の表記もあった。牟田はそれを見てすぐにてきぱきと注文する。

食堂内を見回すと、ここも暖炉《だんろ》を備えていた。その上の石壁には、寝室にあったのより重厚な色柄《いろがら》のタペストリーがかかっている。

照明は蠟燭《ろうそく》のみで、部屋の隅までは光が届かない。周囲から闇が寄せてくるような重苦しさがあった。

暖炉のそばのテーブルでは、一人旅らしい中年の女性が優雅に前菜をとっていた。

その足下を見て、牟田は目を丸くした。黒い大きな犬が、飼い主を守るかのように足元にうずくまっていたのだ。耳がぴんと立ち、目は爛々《らんらん》として、まるで地獄《じごく》の番犬ケルベロスだ。

犬は、女主人の前に美味《おい》しそうな匂《にお》いのする鴨《かも》料理が運んでこられても、ぴくりともせずテーブルの下に腹這《はらば》っている。

「躾《しつけ》がいいな」

牟田が感心して頭を振った。

「犬と子供はドイツ人に躾《しつ》けさせろ、と言うそうですね」

それはパウルも聞いたことがある。たしか、コックは中国人、妻にするには日本人がいい、と続くのだ。日本女性はつつましやかで従順だとして、憧《あこが》れる白人男性は多い。牟田もそういう日本女性の方が、本当は好みなのでは……。

なんだかもやもやしてきて、パウルは突っ張った。

「僕はそれほど躾《しつけ》がよくないですよ。子供のころはいけないこともしました」

牟田は大げさに眉《まゆ》を吊《つ》り上《あ》げた。

「あなたが？」

からかう調子に、パウルはいくらかムキになって言い返した。

「うちの螺旋階段の踊り場に甲冑《かっちゅう》があるでしょう。あれは兜《かぶと》がへこんでいます。今度、後ろに回って見てごらんなさい」

「なんでまた……」

「フェンシングの稽古台《けいこだい》にして、階段から転げ落としたもので」

吹きだした牟田は、周りを気にして口を覆《おお》う。目もとに笑い皺が寄っている。

「やっぱり男の子ですねえ」

あらためてそう言われると、なんだかくすぐったい。パウルは膝の上で無意識にナプキンをいじった。

やがて料理が運ばれてきた。白いシャツに深緑のベストをつけたウエイターは、慇懃《いんぎん》かつきびきびとサービスしてくれる。なかなか訓練が行き届いているようだ。

前菜は鱒《ます》の蒸しもの、メインは兎《うさぎ》の煮込みにザワークラウトを添えたものだった。

「ドイツの料理には、どうも青ものが足りませんね」

「緑の野菜ということですか」

牟田は薄茶色の酢漬《すづ》けをフォークの先で突いて、溜め息をついた。

「ときどき、生のキャベツをぱりぱりやりたくなります」

ザワークラウトは冬場の野菜不足を補うための工夫だが、青々とした生野菜の代わりにはならないだろう。

パウルは気を引き立てるように言った。

「開業するころにはアスパラが旬《しゅん》ですよ。さっとゆでて、クリームソースで食べると最高です」

「ほほう」

牟田はごくりと喉を鳴らした。

万事がゆったりと進み、デザートが出るころには午後九時を回っていた。

「まあまあだったな」

その言葉を合図に、テーブルにナプキンを置き、席を立つ。

食堂を出て、ほの暗い灯《あか》りに照らされた階段を上がっていくうち、心臓が早鐘を打ち始めた。

最初に部屋に通されたときとは、何かが違う。夜の闇が寄せるとともに、艶《つや》めいた空気が満ちてきたという気がする。

牟田は当然のように奥の間に入っていく。

後に続いたものの、ベッドのカーテンがどうも気になる。秘めごとを包み込むその帳《とばり》の中で起こることを、自分は知識としてしか知らないのだ。

牟田が気になるのは浴室らしい。早速点検してきて、パウルに報告した。

「やっぱりバスルームは広くて、浴槽《よくそう》つきですよ」

手柄顔《てがらがお》に言う。

「はいはい、あなたが正しいですとも」

ひょうきんに返したものの、牟田が『カップルは風呂でいちゃつく』と言っていたのが急に気にかかってきた。

「あのう」

パウルはもじもじと手を揉《も》み合《あ》わせた。

「一緒に入らなきゃいけませんか——?」

牟田はくすりと含《ふく》み笑《わら》いを漏《も》らす。

「どうぞ、一人でごゆっくり」

ひそかな怯《おび》えときまり悪さを見てとられたかと思うと、ちょっと恥ずかしい。

「じゃあ、お先に」

視線をはずしてクローゼットに行《い》きかけ、思い直して手ぶらで浴室に向かう。どのみち脱《ぬ》ぐことになるのなら、下着の替えは要らないだろう。

浴室は広々としていて照明は明るい。タイルは白地に青い柄のある古風なものだが、浴槽はモダンな埋め込み式だった。鏡の前のアメニティは、フランス製で揃《そろ》えてある。このホテルの経営者には、ドイツのものは無骨だ、という意識があるのだろうか。

藤色のバブルバスを浴槽に入れて湯を注ぐ。浅い浴槽は、すぐにふわふわした真珠色の泡《あわ》で満たされた。

パウルは着ていたものを丁寧《ていねい》に畳《たた》んで隅の棚《たな》に置き、生まれたままの姿で泡の中にしゃがみ込んだ。備え付けのスポンジで全身をくまなく洗う。微妙なところも、いつもより念入りに洗った。

そんなことに気を遣っていることじたい恥ずかしいが、このからだを牟田に任せるのだと思うと気になってたまらず、何度も同じところをスポンジで擦《こす》った。

すっかり火照《ほて》ったからだをバスローブに包み、浴槽の栓《せん》を抜いた。配水管が小さいのか、最後の泡が吸い込まれるとき、やけに大きな音がした。

シャワーヘッドをはずして、後から入る牟田のために、浴槽に残る泡を丹念に洗い流す。

その時、遠慮《えんりょ》がちなノックの音がした。振り返ると、ドアが開いて、牟田が踏み込んできた。

そんな不躾なことをする人だとは思わなかった。咎《とが》める言葉は、怒ったように眦《まなじり》を染めた顔にぶつかって、引っ込んでしまった。牟田も緊張しているのだとわかる。

ぶっきらぼうな調子で、

「もう上がったんじゃなかったんですか」

シャワーを止め、パウルが「湯を張り直そうと……」と言いかけるのを、牟田は急いで遮《さえぎ》った。

「それには及びません。私はシャワーでいい」

パウルは首をかしげた。

「でも、日本人は浴槽に浸《つ》かるのが好きだと」

牟田はきしるような声で押しかぶせてきた。

「時によりけりです。……今は気が急《せ》いているのでね」

そして、パウルの手からシャワーヘッドを取り上げて、壁のフックにかけた。驚いたことに、パウルに背を向けてもう服を脱ぎ始める。日頃の牟田らしくもない余裕のなさが少々怖くなって、パウルは逃げるように浴室を出た。

まもなく、シャワーをかなり強くして浴びているらしい湯音が響いてきた。

日本人はせっかちだというが、今夜の牟田は特別せわしない。

——気が急いている、というのは……つまり……。

かっと頬が熱くなる。

とりあえずベッドに腰を下ろしたが、身の置き所もない気持ちだ。

先に横になっていようか。いや、待ちかまえているみたいで、それもはしたないような気がする。ではいっそ、上掛けをかぶって、寝たふりをしているのはどうだろう。

パウルが決めかねている間に、牟田はとにかく洗うだけは洗ったという速さで出てきてしまった。見ると、ベルトを結ぶこともしないで、バスローブの前を掻《か》き合《あ》わせている。乱暴に拭《ぬぐ》ったただけらしい黒髪の先から、ひとしずくの水が落ちて、たくましい胸板を転がってゆく。

牟田はベッドのそばまで来て、パウルの足下に跪《ひざまず》いた。

「パウル」

応《こた》えて思わず腰を上げかけるのを制し、牟田はパウルのバスローブの裾《すそ》をわずかに持ち上げて、その端に唇を押し当てる。それは、騎士が愛を乞《こ》うしぐさだった。

正式のプロポーズのようなふるまいに、パウルはひどく胸を打たれた。

牟田は膝をついた姿勢のまま、ひたと見上げてくる。

「私だけの王子でいてほしいと言いましたが、今は……私の姫君になっていただけますか」

その意味するところはわかるが、何と答えてよいかわからない。自分が男から求められる側に回るなど、考えてもみなかった。

それでも、応えなくては。これは儀式なのだ。良き友人から、情熱的な恋を語る二人になるための。

返事はイエスしか考えられない。だがそのひと言を口にするのが、途方もなく恥ずかしかった。

「あ……あなたの、よいように……」

やっとのことでそれだけ言って、うつむいてしまう。

牟田が立ち上がり、カーテンの紐を引いた。象牙色《ぞうげいろ》の布がばさりと音を立てて木枠《きわく》から落ち、ベッドを包みこむ。にわかに心臓の鼓動《こどう》が速まった。

パウルが身を硬くして座っている横に、牟田も腰を下ろす。顔を傾けてきて、なだめるような優しいキスをくれた。

小さいころ森で転んでケガをしたとき、母が膝に落としたキスを思い出す。こんなキスもできる人だったのか、と胸の奥が温かくなった。

ここにいるのは牟田だ。ほかの誰でもない。

自分は牟田と肌《はだ》と肌で触れ合うことになる。おそらく、とても深いところまで。それはけっして、恐ろしいことでも忌《い》まわしいことでもない。心が求めていることを、からだで確かめるだけのことだ。

牟田は唇を離し、くすぐるようにパウルの髪を撫《な》で上《あ》げ、また撫で下ろした。そうされると、未熟な官能にぼっと火がついて、背中がぞくぞくする。

「信じてくれますか。これから私が何をしても何を言っても、すべてあなたを想ってのことだと」

「はい」

今度はしっかりと目を見て答えられた。

もとより牟田を信じている。牟田の愛を疑うことはない。

その答えを聞くと、牟田は背中に手を回してすくい上げるようにした。

あっと思ったときは、ベッドの中央に横たえられていた。ローブのベルトがほどかれ、すべてが露《あら》わになってしまう。

幼年時代を過ぎてからは、親にも見せたことのない隠微《いんび》な部分を人の目にさらしていることがたまらなく恥ずかしい。

パウルは、前を隠したい思いを抑えた。一度はすべてを見られている。見られて、そして触れられた。恥ずかしかったら目をつぶっていればいい、とそのときに教えられた。

だが、目を閉じていても、牟田が見ているのがわかる。恋しい人の視線がこんなに熱いとは知らなかった……。

「反応している」

牟田のあけすけな言葉に、思わず目を見開く。牟田はうっとりと微笑《ほほえ》んでいた。

「よかった、あなたが無理をしているのでなくて」

しんから嬉しそうな牟田を見ていると、恥ずかしさも失《う》せてしまう。この場で萎《な》えていなくてよかったと思うことさえできた。

萎えるどころか、牟田の黒髪の匂いに、淡い琥珀《こはく》の肌に、きつい黒真珠の瞳に、どうしようもなく熱くなる自分がいる。

牟田は覆《おお》い被《かぶ》さってきて、口付けを落とす。

そらした喉にも鎖骨《さこつ》の窪みにも、牟田の唇はさまよっていく。

「んっ…あ…」

強く吸われて、背中が反り返る。股間《こかん》がずきずきと脈を打った。

本能的に押し返そうとする手首を、ひとまとめにシーツに縫《ぬ》いとめられてしまう。自分で触れることも、触れてほしいと伝えることもできなくて、パウルはおずおずと腰を動かし、たくましい牟田の腿《もも》に擦りつけるようにした。

牟田はすぐその動きに気づいた。昂《たか》ぶったものに手を添えて、

「これ……していい？」

パウルはよく聞き取れないままうなずく。

とにかく、何とかしてほしい。

胸の上がすっと軽くなった。のしかかっていた牟田が腹の方にずり下がっていったかと思うと、暖かく濡れたものに先端を包み込まれる。口に含まれたのだ。

「あ、そんなとこ……っ」

思わず跳ねる腰を、しっかりと抱《かか》え込《こ》まれた。舌先でちろちろと窪みをくすぐられたり、深く呑み込まれては強い唇で扱《しご》かれる。

パウルは身悶《みもだ》えた。

沼に落ちて凍《こご》えかけたとき、膨《ふく》らんだ欲望を牟田の手で解放してもらったことはある。それだって、見てはいられないほど恥ずかしかった。

今は、目を閉じてもその羞恥《しゅうち》から逃れることができない。

身をよじった拍子に自由になった手で、牟田の髪を摑《つか》んだ。濡れた黒髪が指の間をくすぐる。

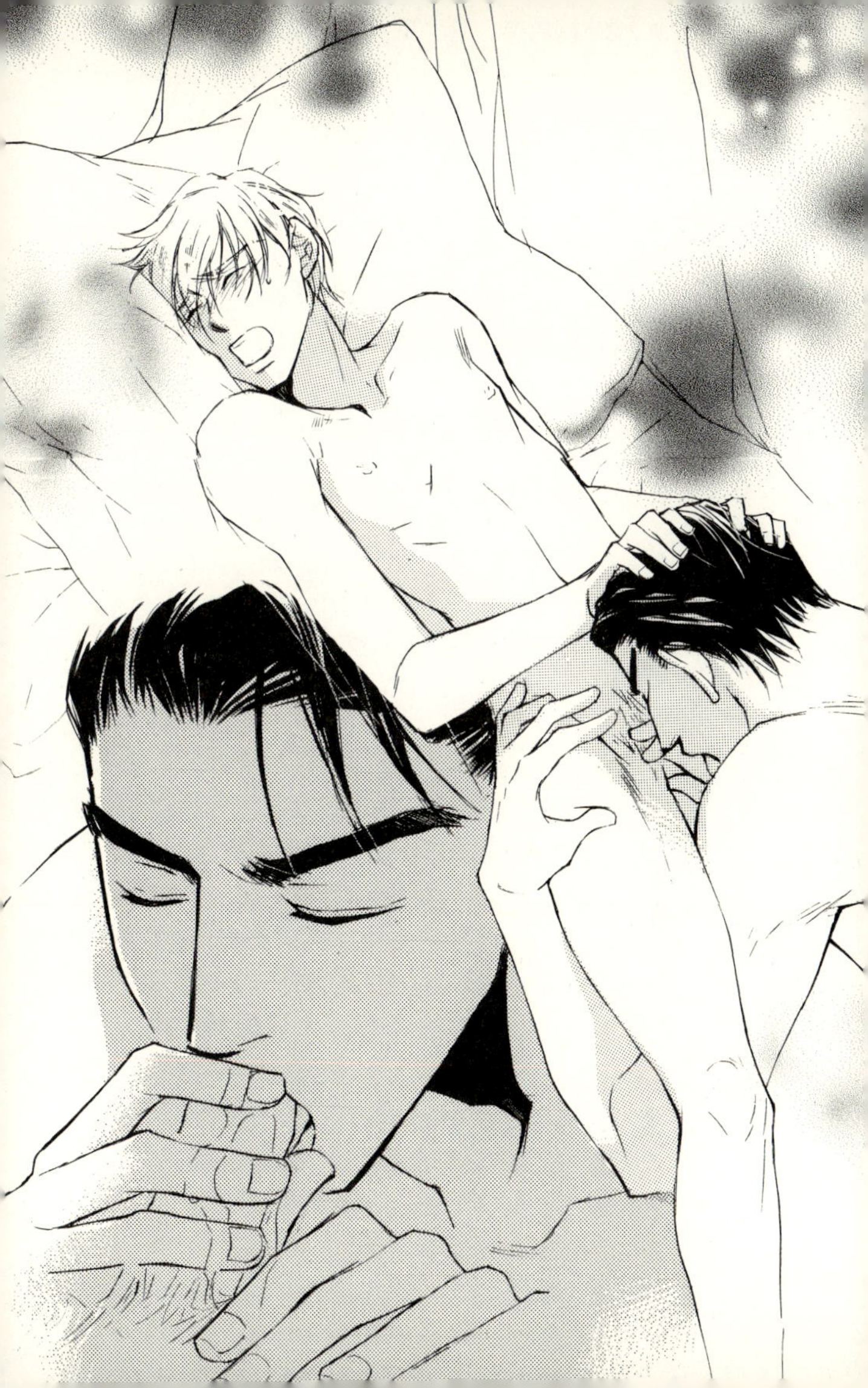

その感触に、いっそう高められる。

「あっ……ああ、だめ、出る……っ」

このままでは、牟田の口の中に出してしまう。パウルは焦《あせ》って牟田の髪を掻き乱した。牟田は離すどころか、頬の筋肉まで使い、いっそう強く吸い上げる。パウルはたまりかねて、どっと欲を吐《は》き出《だ》した。黒髪にからめた手が、力を失ってぱたりと落ちた。

脱ぎ捨てたバスローブを引き寄せて口に押し当て、牟田はけほっと咳《せ》き込《こ》んだ。そのままローブで濡れた唇を拭い、パウルの隣に横たわった。

体のわきに投げ出していた手を取り、自分の股間に導く。

「触ってください」

パウルは触れたものの硬さに息を呑《の》んだ。自分のものは、ここまで硬くなったことはない。牟田の雄《オス》は、生身のからだの一部とは思えないほどガチガチで、火傷《やけど》しそうな熱を孕《はら》んでいなかったら、鉄だといわれても信じたかもしれない。

「い……痛くないですか」

これほど昂まっていては、牟田も辛《つら》いのではないか、と心配になったのだ。

牟田は何か勘違いしたらしい。苦笑とも自嘲《じちょう》ともつかぬ笑みで応える。

「痛かったら止めます、と言ってあげたいところですが。……なるべくそうっと、としか」

そして、緊張を孕んだ生真面目《きまじめ》さで言う。

「うつぶせてくれますか。その方がたぶん楽なので」

パウルは何も考えず、からだを返した。顔を横に向けて枕《まくら》に伏せる。

すると、腰のくびれに手がかかり、尻《しり》をぐいと抱え起こされた。

「えっ？」

頭が真っ白になった。

とんでもなく恥ずかしい格好をさせられている。

女とは違うから、そこでしか繋《つな》がれないのはわかっている。すべてを牟田に許すと決めたのだ。今さら逃げるわけにはいかない。

それでも逃げ出したくなる。身も世もない恥ずかしさに、パウルは震えた。

濡れたものがそこに触れる。自然に濡れる器官ではない。何かで滑《すべ》りを補っているのはわかった。粘《ねば》りのある冷たい液体が丹念に塗《ぬ》り込《こ》められている。だがすぐ体温で温《ぬく》もって、冷たいとは感じなくなる。

牟田の指が熱いのか、自分の内部が熱いのか。

やがて、異物がぬるっと入ってくる感覚があった。

「く……」

思わず歯を食いしばる。

「痛い？」

う。

「……へいき……ん、んっ」

首を振ると、鼻にかかった声が漏れる。中で動くものを、反射的にきゅっと締め付けてしま
う。

「は……」

息を吐いた瞬間に、もう一本指が滑り込む。広げられる圧迫感が強くなる。

「きつい……?」

パウルはまた首を振った。

さっきは止められないと言ったが、きついと告げたら牟田は止めてしまう気がした。

「もう少し、膝を開いて」

太腿が我知らずふるふると震えている。

牟田の息も荒くなっているのがわかる。あの剛直《ごうちょく》を、牟田も持て余しているはずだ。

「まだ少し……つらいかも、しれませんが」

余裕のない様子に、パウルはいよいよと覚悟した。

そのとき、不可解な言葉が耳に飛び込んできた。

「嫌だ、と言ってください」

意味がわからなかった。

嫌だと言っても止めない、と言いたかったのだろうか?

パウルは顔を斜めに捻《ひね》って、牟田の目を捉《とら》えようとした。

「僕が、嫌がっていると思うのですか……？」

「そういうことではないのです。ただ、『嫌だ』と口にしてくだされば」

強い口調だった。ちらりと見えた切羽詰まった目の色に、パウルはそれ以上追及できなくなった。

おそるおそる口に出してみる。

「い……嫌、です」

牟田はそれでは満足しなかった。

「もっとはっきり、私を拒《こば》んでください」

ますます頭が混乱してきた。この体勢で拒め、と言うのだろうか。

パウルは牟田の意図を理解できないまま、少し大きな声を出した。

「嫌です。やめてください」

ふいに、尻を強く摑まれた。硬さの極まったものが、ぐいっと押し当てられる。その手荒さに、一瞬、本気の声が出た。

「やめて！」

牟田は、ふっと息を吐いた。

「……それでいい」

いったい何がいいと言うのか。わけがわからない。

パウルがその混乱を収められないでいるうちに、牟田はゆっくりとからだを進めてきた。

「ひっ……」

「力を抜いて。パウル。息を吐いて」

痛くはない。じゅうぶん解《ほぐ》され、たっぷり滑りを補われたそこは、張り出した部分までをするりと呑み込んでいる。

自分の中に別の熱がある。そのことに、どうしようもない違和感と、恥ずかしさを感じた。

深い呼吸の隙間をついて、少しずつ、牟田は奥へと進んできた。パウルを気遣い、自分の欲望を暴走させようとはしない。

では、さっきの瞬間的な手荒さは、いったい何だったのか……。

「もう少しの辛抱《しんぼう》ですから」

解放が近いことを匂わせるその言葉に、緊張がふっと緩《ゆる》んだ。からだに入っていた力も抜けたのか、尻にぴたりと牟田が密着する。すべてを収めた、とわかった。

そのまま、ずん、と突き上げられて、何かがからだの中からほとばしった。

「あ、あああ……っ」

前がずくんと疼《うず》いた。牟田のものほどではないが、じゅうぶんな硬度をもって反《そ》り返《かえ》るのがわかった。思わず声を放ち、自分から腰を揺らしてしまう。

「あっ、やあっ……はあ……んっ」

パウルはがくがくと全身を震わせた。

「あなたの……は…ずいぶん、深いところに…」

牟田が何を言っているのかわからない。

前に回された手で猛《たけ》ったものを扱かれて、パウルはますます何もわからなくなっていった。


わずかに開いたカーテンの隙間から、蒼《あお》い光が差し込んでくる。まだ夜は明けきっていないらしい。

パウルはそっと頭をもたげ、隣で眠る牟田《むた》をうかがった。

規則正しく上下する裸の胸、わずかに緩《ゆる》んでいる口もと。眠っている顔も端整だ。象牙《ぞうげ》を彫り込んだような瞼《まぶた》、それを上下から隈取《くまど》る黒々とした眉《まゆ》、黒い睫毛《まつげ》。額に一束《ひとたば》落ちている黒髪。黒という色がこれほど艶《つや》めかしいとは知らなかった。魅《み》せられて、目を離すことができない。

ほかの誰かがぐっすり眠っているところをこんなに近々と見たことはなかった。他人と一つ床で眠るなど、物心ついてから初めてのことだ。

そう思ったとき、この人と結ばれたのだ、という実感が込み上げてきた。

そのいっぽうで、もっと幸福な気分になれるはずだったのに、という思いも拭《ぬぐ》い去《さ》れない。性的に不満足だったというわけではない。それどころか、これまで自分の手で得てきた快感は何だったのかと思うほど、悦楽の高みに押し上げられたという実感がある。自分のからだのどこがどうなって、あれほどの極まりを味わったのか……。

こだわりを残しているのは、もっとメンタルなことだ。ゆうべの牟田の言動がどうしても解《げ》せなかったのだ。

自分は何もかも捧《ささ》げる覚悟でからだを開いた。なのになぜ、牟田は拒絶の言葉など欲しがったのか。

差し出された以上のものを奪い取りたいという、過剰《かじょう》な欲望の表れだろうか。それだったら、攻撃性を根底に持つ男の本能として、理解できなくもない。

だが、その前後の牟田のふるまいからは、そんな野卑《やひ》なものは感じられなかった。あれは、熱くひたむきな愛の行為だった。だからこそ、何かがかけ違っているような不安を感じてしまうのだ。

日本人の性にまつわる噂《うわさ》話《ばなし》も、パウルの心に澱《おり》のようなものを生じさせていた。

あけっぴろげなアメリカ人と違って、日本人はシャイで、おのれの欲望をあからさまにはしない。だからあまり知られていないが、その欲望のかたちはいささか歪《ゆが》んでいるというのだ。

日本人は、性にイマジネーションを働かせて、強い刺激を得る民族なのだ、と。

聞いた話では、成人女性が少女のなりをしたり、夫婦の間でレイプごっこをしたりもするという。牟田にとっても性は刺激的な遊びなのか。

清冽《せいれつ》な泉に濁《にご》った水が一筋流れ込んで、蛇《へび》に似た渦《うず》を巻いているような気分だった。

それでも、牟田を嫌いになどなれない。

牟田はこのうえなくパウルに優しかった。大切に扱《あつか》ってくれた。それこそ、高貴な姫君を抱くように。

パウルはベッドの端の方へもぞもぞと這《は》いずっていき、上掛けをめくって足を下ろした。裸の足裏にじわりと冷気が染みとおる。絹の絨毯《じゅうたん》の下に、底冷えのする石の床を感じた。部屋履きがあったはずだが、ベッドの下にでも入り込んでしまったか。

爪先《つまさき》だつようにしてクローゼットに行き、替えの下着とシャツを取って浴室に入った。

あの後、牟田が丁寧《ていねい》に拭《ふ》き清《きよ》めてくれたから、からだはいくらか汗《あせ》ばんでいる程度だ。だが鏡に映《うつ》る白い肌には、点々と赤い痣《あざ》が散っていた。

一瞬それが何かわからなくて、こんな格式あるホテルで、この冬場に刺す虫が発生するものだろうかとパウルはいぶかった。

指でひとつひとつ押さえているうちに、それらの痣は、牟田の唇が強く吸い付いた跡だと気がついた。かっと全身が火照《ほて》る。牟田のしたこと、自分の上げた声、一切が生々しくよみがえってくるようだった。

情交の痕跡《こんせき》も露《あら》わなからだをとても正視できず、目を閉じて叩きつけるようにシャワーを浴びた。

下着に丈《たけ》の長いシャツを羽織《はお》り、バスルームから出てみると、牟田は起き出して、窓から外を眺めていた。裸の体に、シルクのガウンを直接まとっている。

パウルの気配に振り返り、白い歯を見せて「モルゲン」と微笑《ほほえ》みかけてきた。

彼がこれほどにこやかだったことはない、という気がする。

それでは昨夜は、自分のからだで牟田を満足させることができたのか。自分だけが悦楽の渦に放り投げられたわけではないと知って、なんとなくほっとする思いだった。

だが、まだどこかに屈折《くっせつ》した感情がわだかまっている。

パウルはそれを、無邪気な言葉で塗《ぬ》りつぶした。

「日本語では『オハヨウ』なのでしょう？」

牟田がよく知ってますね、と微笑むのに、パウルは指を折ってみせた。

「オハヨウ、アリガト、フジヤマ、スキヤキ。僕が知っている日本語はそれくらいです」

「私のドイツ語の方が少しはマシですね。グーテン・ターク、ダンケ・シェーンのほかに『二人部屋は空いてますか《ハーベン・ジー・ドッペルツィンマー・フライ》？』くらいは言えますよ」

晴れ晴れと笑う。

そのくったくのなさに、続けて「愛している」は日本語でどういうのかと聞こうと思ったのに、なぜか言えなくなってしまった。

今、牟田と愛について語るのはなんだか怖い。牟田の愛と自分の愛は、じつは同じではないかもしれないのだ。

急に寒くなったような気がした。

牟田が浴室に入っている間に、パウルはそそくさと身づくろいをした。

やがて牟田は、いつものように髪を撫《な》でつけて颯爽《さっそう》と浴室から出て来た。スーツにネクタイをきっちり締めると、夜とは別の男の色香が漂《ただよ》う。

「さて。最後の敵情視察ですよ」

いたずらっぽく人差し指を立て、食堂へと促《うなが》す。

冬の朝の低い太陽が、大きな窓から奥まで光を届かせている。昨夜はけっこう重厚な食堂だと思ったが、朝の光の中では意外に安っぽく感じられた。

朝食はオーダーではなくビュッフェ形式だ。

ウエイターに案内された席から離れ、奥のカウンターに小奇麗《こぎれい》に並べられたブレッチェンと炒《い》り卵《たまご》、バターにジャムをそれぞれ皿にとる。いったん席に戻り、今度は飲みものを取りに行く。コーヒーもセルフとは、ずいぶんアメリカナイズされていると思った。

牟田はちぎったブレッチェンに野苺《のいちご》のジャムを載せ、緊張《きんちょう》の面持《おもも》ちで口に運ぶ。次の瞬間、

「勝った」と小さくガッツポーズをした。

「ハンナのジャムの方が絶対美味《うま》い。種類も多いし。ここのは見栄えはいいが、平凡《へいぼん》で大味だ」

パウルはぼんやりとパンをちぎりながら、「ああそうだったのか」と考えた。何を食べても美味《おい》しく感じられないのは、食欲がないせいかと思っていたのだ。

ふと目を上げて、牟田が自分の感想を待っているのに気づき、簡潔に返す。

「これで、ひとつ自信がもてますね」

牟田は大きくうなずいた。

「あなたの助言に従って、ハンナを雇《やと》っておいて良かった」

助言というよりは、交換条件のようなものだったはずだ。しかし牟田の頭の中では、脅《おど》すようにしてパウルを引きとめた記憶は、すでに薄れているらしい。

そういうことも、今朝《けさ》のパウルの気分に翳《かげ》を落としていた。

牟田はちらちらと他の客の反応を見ている。すっかり仕事モードに入っているようだ。

食事を終えていったん部屋に戻り、荷物をまとめてフロントに降りる。牟田のカードでチェックアウトを済ませると、昨夜のボーイが荷物を車まで運んでくれた。

車に乗り込む前に、パウルはもう一度城を振《ふ》り仰《あお》いだ。一夜を過ごした部屋の窓が、朝日にまぶしく輝いていた。

山道を車で降りながら、牟田は遠慮《えんりょ》がちに声をかけてきた。

「からだ……辛《つら》くないですか」

そんなことを訊《き》かれると、気恥ずかしいのと昨夜来の微妙な齟齬《そご》とで、どうにも居心地が悪い。牟田の思いやりに素直に応《こた》えられない自分にも、苛立《いらだ》ちを感じた。

パウルはそんなこだわりを吹き飛ばすように、快活に言い切った。

「はい。なんとも」

強がったわけではない。本当に何でもなかったのだ。

女性は初めてのとき辛がるというけれど、男はどうなのだろう。本来そのための器官ではないところに受け入れたのだから、普通ならもっとダメージが大きいのではないか。けれどパウルは、いくらかけだるいだけだった。それひとつとっても、どれほど大切に抱かれたかわかるというものだ。

それがわかっていながら、一点の濁《にご》りが心に引っかかる。

この先牟田に抱かれるたび、何らかの「演出」に自分も合わせなくてはならないのだろうか。

そんな不真面目《ふまじめ》なセックスに慣れてしまいたくはないのに。

それとも、自分の考え方が堅《かた》すぎるのか。

文化の違いなど、人柄《ひとがら》を知ってみればどうということはないと思っていた。けれどこれは、食べるものの好みや入浴のスタイルなどとは違う。ずっと根源的なことだ。

「からだが辛くないなら、まっすぐ帰るのも何ですし、ライン川沿いをドライブでも？」

牟田の提案に、上の空でうなずく。

冬場は遊覧船も運休している。夏のにぎわいのないライン川は、化粧《けしょう》していない女のようにそっけない。だが春が近いのは、流れに反射する日の光が鱗《うろこ》のようにきらめくのでわかる。

牟田はカーステレオのスイッチを入れた。軽快なワルツが流れ出す。牟田は指でステアリングを叩き、拍子をとりながら笑いかけてきた。パウルも繕《つくろ》った微笑みで応える。

その後は、川を眺めるふりで自分の思いに沈《しず》んでいた。

道路から離れたり近づいたりする川を右手に見ながら、どれほど走っただろうか。

牟田は道路のわきに車を止めた。

「ちょっと降りてみませんか」

ぼんやりしていたパウルは、はっとあたりを見回した。

日差しこそ明るいが、川から吹き上げる風は冷たそうだ。こんな観光地でも何でもないところで、どうして……。

しかし、先に降りた牟田が助手席のドアを開けてくれたので、パウルも降りないわけにはいかなくなった。

車から降りてみると、道路の左手は緩い斜面になっていて、低い灌木《かんぼく》が枯れた蔓《つる》を這《は》わせている。

葡萄畑《ぶどうばたけ》だ。ライン河畔にはよくある情景だった。

「葡萄畑を見たかったんですか。でも今は」

言いかけた言葉が止まる。

パウルは息を詰めて、もう一度斜面を振り仰いだ。

牟田は微笑んでうなずいた。

「ここは、ヒルシュヴァルト家の葡萄畑ですね」

「……でした」

小さな声で訂正し、そっと唇を噛んだ。

それを失ったときの悔しさ、悲しさ、自分のふがいなさへの自責の念がまざまざとよみがえったのだ。

どうして牟田は、わざわざ古傷をえぐるようなことをするのだろう。ライン川沿いのドライブを提案してきたのも、初めからここに連れてくるつもりだったらしい。

恨《うら》めしい思いで牟田を見やると、黒い目が見つめ返してきた。そこには悪意どころか、真摯《しんし》な情が溢《あふ》れていた。

牟田はこほんと咳払《せきばら》いし、うやうやしく一礼した。

「いつぞやは、買い戻してあげるなどと失礼なことを言いました。あれは忘れてください」

とまどって目を瞬《しばたた》くパウルに、牟田はさらにこうもちかけてきた。

「もっと本格的に、ホテルの経営に関わってみませんか。着実に利潤《りじゅん》を上げて……いつの日か自分の力で取り戻すのです。私はそのお手伝いを」

言いさして、牟田は「どうしました」と顔をのぞき込んできた。

「いいえ。なんでも」

パウルはにじんだ涙をそっと指で拭《ぬぐ》った。

どうして一瞬でもこの人の真情を疑ったのだろうか、と思った。牟田は心から自分をいつくしんでくれている。『あなたの望みが私の望みだ』と誓《ちか》った言葉に、嘘はないのだ。

そのときふいに思い出した。あのとき牟田は言った。『私は愛し方を知らない』と。『私は愛を学んでこなかった』と。

いま、牟田は愛を学んでいるところなのではないか。だとしたら、昨夜のふるまいも、一種の錯誤《さくご》と言えるかも……。

胸のつかえがいくらかとれたような気がした。


夕食は朝と同じように、使用人たちも食堂に集まっての会食である。

朝と違うのは、メイドたちがヘルムートの指導のもと、各テーブルに料理を運ぶことだ。

客にサービスを提供する側であるとともに、サービスされることに慣れている牟田《むた》は、彼女たちの仕事ぶりに、短いが的確な注文をつける。それを通訳して伝えるのは、今ではパウルの役目になっていた。あの旅行以後、薬師寺《やくしじ》はヘルムートたちのテーブルで食事するようになっていたからだ。

夕食を済ませて食堂を出たところで、牟田はそっと耳打ちしてきた。

「今夜、あなたの部屋に行ってはいけませんか」

どきんと心臓が跳ねた。

「ハネムーン」から帰った日は、それぞれの部屋で休んだ。

平気だという言葉につけこまず、無理をさせては、と気遣《きづか》ってくれているのがわかった。からだのことだけでなく、心に密《ひそ》かなわだかまりを抱《かか》えていたから、パウルには牟田の配慮《はいりょ》がありがたかった。

だが、あれからもう一週間ほどもたつ。できあがった二人の間で、いつまでも夜をともにしない方がおかしいだろう。

なのに、パウルは逃げ口上を述べた。

「いえ、ちょっと……風邪《かぜ》気味で」

牟田は眉《まゆ》をひそめた。

「それはいけない。ぶり返したかな」

手を額に当てられて、びくっと引いてしまう。

「パウル……？」

牟田は驚いたように目を見開いている。

どれほど不自然な態度だったかは、自分でもわかっていた。

ひどく痛い目に遭《あ》わされたならともかく、あれほど熱く愛し合ったのだ。牟田が奇妙に思うのはあたりまえだ。

わかっていても、自分で自分をどうともできなかった。

牟田の愛のかたちに歪《いびつ》なものを感じている今、彼に抱かれるのは怖い。不可解な言動に、また翻弄《ほんろう》されるのではないか。そんな心の翳《かげ》りを置き去りに、快楽に流されてしまいたくもない……。

そのとき、いぶかしげに眉を寄せている男の背後から、薬師寺が声をかけてきた。

「お電話です。日本から」

牟田はホールに出ていき、フロントの体裁《ていさい》が整ったカウンターで電話を取った。パウルも数歩遅れてホールへ出る。

日本語で話しているから、内容はまったくわからない。しかし、声の調子が重くなったのはわかった。表情もひどく硬い。パウルは気になって、立ち去ることができずにいた。

深刻そうな表情のわりには入り組んだ話でもなかったようで、牟田は五分ほどで受話器を置いた。

そして、薬師寺に何ごとか日本語で命じた。ドイツ語とも英語とも違う、不思議な響きのその言語が、パウルは嫌いではなかった。なのに、わけありげな電話の後で牟田が自分にはわからない言葉で薬師寺と話していることが、妙に不安だった。

そういえば、牟田は自分の前では、薬師寺とも日本語で会話することがほとんどない。自分のこんな気持ちをわかってくれていたのか。では今は、その余裕がないということか。

薬師寺は牟田に代わって、急いでどこかへ電話をかけ始めた。

牟田は、ホールに立ち尽くしているパウルの方へ歩み寄ってきた。

「申し訳ない。よんどころない事情で、急ぎ帰国しなくてはなりません」

もう四ヵ月ほども、牟田はドイツに滞在している。その間、英国に渡航したり国内の他の都市に出かけたりで城を留守にすることはあったが、日本には一度も帰っていない。用があるときは薬師寺をやって済ませていた。

よほど大変なことが起こったのでは……。

そういう不安な思いが顔に出てしまったのかもしれない。牟田は頬をゆるめてみせた。

「一時帰国です。なるべく早く戻るつもりですが……長引くようなら、薬師寺だけでもこちらに帰しますから」

もっと幼い者に説《と》きつける調子で言われて、パウルはなおさら心配になる。

頭をよぎったのは、牟田の実家の経営するホテルチェーンに、業績の悪化とか乗っ取りとか、何か問題が起こったのではないかということだった。ホテル側がもしドイツから撤退《てったい》するような事態になったら、牟田も引き上げることになるだろう。

今さらながら、二人の間に横たわるものの大きさがひしひしと感じられる。

薬師寺が受話器を離して振り返った。

「空港でキャンセル待ちをするにも、今日はもう無理です。一番早くて明日の午前の便しかとれませんが」

「それでいい」

電話の相手は航空会社らしい。薬師寺は再び受話器に向かって飛行機の予約を入れ、いったん切って、今度は空港までのタクシーを予約した。そして、「荷造りをしておきます」と言い置き、足早に階段を上がって行った。

その姿が消えると、牟田は張りつめた声で呼びかけてきた。

「パウル。私に何かいたらぬところがあるのなら、そう言ってください」

牟田はひどく真剣な顔をしていた。

「あれ以来、私を避けてはいませんか。あなたに隔《へだ》てを置かれるのは……何より辛《つら》いのです」

さっきの態度ほど露骨《ろこつ》ではないにせよ、ここ数日の自分のそぶりに、牟田も何かを感じていたのだろうか。だから、しばらく求めてこなかったのかもしれないと思った。

ならば、あのことをはっきりさせるチャンスなのに、パウルはためらいを払拭《ふっしょく》できない。

どういうつもりかと問いただせば、牟田は非難されたと感じるのではないかと思うからだ。

見解の相違があっても以前は臆《おく》せずぶつかっていけたのに、からだの関係ができたことで、かえって自分は臆病になった。

彼を失う危険を冒《おか》したくない。それでいて、わだかまりを解消できないのが苦しくてならない。

パウルは、そんな矛盾《むじゅん》した心をどうにもできないでいた。

ごくっと唾《つば》を呑《の》み、牟田の顎《あご》のあたりを見ながら返した。

「僕は……別に」

牟田はじっと見つめてくる。いたたまれない。

「本当に、何でもありませんから。少し疲れているだけです」

無理に微笑《ほほえ》んでみせる。牟田はふっとひとつ息を吐《は》いた。

「そうですか。よかった。私の思い過ごしなのですね」

しかし、その表情は、とても得心《とくしん》しているようには見えなかった。

パウルの肩に乗せようとした手を引っ込めて、

「では、私は明日が早いので」

切り口上で言い、薬師寺の後を追っていく。

階上でドアの開く音がする。薬師寺が牟田を部屋に迎え入れたようだった。二人の気配が部屋の中に消えてから、パウルはゆっくりと階段を上がった。

部屋に入り、「聖家族」の絵の前に立つ。

父や母が生きていたら、こういうとき、心の重荷を分けもってくれただろうか。きっと相談を聞いたうえで、「自分で考えなさい」と言われるような気がした。優しく慈愛深いが、毅然《きぜん》としたところのある両親だったのだ。

このままではいけないということは、わかっていた。牟田が帰ってきたら、真意をはっきり訊《き》かなければと思う。そうでなければ、自分も答えが出せない。

それまでに、自分の気持ちを整理しておかなくては。

パウルは書きもの机の前の椅子に腰を落とし、しばらく考え込んだ。

シンに添いたいという思いは変わっていない。彼の愛を疑ってはいない。彼の人となりに寄せる自分の思いも変わらない。

問題はセックスのことだけと言ってもいい。だがそれが、予想外に大きな障壁になってしまっている。自分は、心から彼を受け入れてはいないということなのだろうか？　愛する相手の望むことなら、どんな変則的な行為でも……いや、それは愛と呼べるのか。

頭がぐらぐらしてきた。やはり一人で答えを出せることでもないようだ。

パウルはシャワーを浴び、早々にベッドに入った。しかし横になっても、さまざまなことが頭に浮かんできて、なかなか寝つけなかった。

とろとろしたと思ったら、鋭い警笛に目を覚まされた。見ると時計は午前五時をさしている。予約していたタクシーが迎えに来たのだ。やけに早いが、フランクフルトまでは、アウトバーンを飛ばしても二時間はかかる。

パウルは着替える暇《ひま》もなく、寝巻きの上にガウンを羽織《はお》って部屋を飛び出した。牟田と薬師寺は、もう荷物とともにホールに降りていた。

「それでは、行ってらっしゃいませ」

さすが早起きのヘルムートとハンナは、使用人の鑑《かがみ》のような姿で頭を下げた。メイドたちは、あえて起こさなかったのだろう。

パウルはその二人の横を通り抜け、玄関の外まで出て行った。夏ならもう明るくなっていたかもしれないが、あたりはまだ夜のように暗かった。

薬師寺が先に出て、後部座席のドアを開けて待っている。いったん車のところまで行った牟田が、こちらを振り向いた。

つきんと胸が疼《うず》く。

――シン。

言葉にならない唇の動きに応《こた》えるように、牟田は、大股《おおまた》の数歩でパウルのそばに戻って来た。人目を気にするふうもなく、ぐっと肩を抱き寄せる。

「すぐ戻ります」

パウルもためらいなくその背を抱き返す。

「ええ。気をつけて」

牟田はこれで気が済んだという様子で、さっと身を翻《ひるがえ》し、タクシーの後部座席におさまった。薬師寺が続いて乗り込む。ドアをバタンと閉める音が、森のしじまを破った。鳥が数羽、高く叫んで飛び立った。

ほの暗い木立《こだち》の中を、走り出した車のテールライトが見え隠れしながら遠ざかっていく。見送っていると、なぜか、ぎゅっと胸を締め付けられるようだった。

赤い小さな灯が完全に見えなくなったとき、一人ぼっちで深い森に置き去りにされた子供のようなよるべなさを感じ、パウルはそっと身震いした。

「外は寒いですよう。もう中にお入りなさいませんと」

ハンナが気遣わしげに声をかけてきた。


州都であるシュトゥットガルトに出向くことになったのは、牟田と薬師寺が出立《しゅったつ》して三日

XI
G 551
TA

後のことだった。開業の書類に不備があったと、役所から連絡があったのだ。

牟田たちはいつ帰るかわからない。こんなことで開業が遅れては困る。

パウルは、自分でわかることならと、愛車を駆って出かけて行った。

市庁舎は、町の中心にあるマルクト広場に面して、旧宮殿と向かい合わせに建っている。叔《お》父《じ》の借金に絡んで何度か来たことがあるので、迷うことはなかった。

二階の商工課に行き、担当者を呼んでもらう。

聞いてみれば、簡単な書類上のミスだった。だが、係の役人は訂正した部分にサインを要求した。

パウルは念を押した。

「しかし、私のサインでいいのですか?」

相手は、けげんそうに銀縁《ぎんぶち》の眼鏡《めがね》を押し上げて見返してきた。

「もちろんですとも。あなたは共同経営者でしょう?」

どうも、何か勘違いをされているらしい。

「いいえ。あれは売り渡してしまったので……」

牟田の心遣いのおかげで、ふだんは破産のことも城を手放したことも忘れていられたのだが、あらためて口にすると、情けない気持ちになる。

役人は首をかしげた。

「しかし、ゴルトホルン城とその敷地は、再譲渡《さいじょうと》の手続きがとられて、登記もやり直されてますよ」

釈然《しゃくぜん》としないパウルに、係員は親切にも台帳を広げて見せてくれた。

たしかに、パウルの持ち分が登記されている。

どう考えていいかわからなくなってしまった。「城主も込みで買った」というあの契約書を見たときより、もっと混乱していた。

すべて外国資本であるより、形式的にでもドイツ人が経営権をもっている方が申請《しんせい》が通りやすかったのかもしれない、と思った。何事にも目端《めはし》の利《き》く牟田のことだ。そのくらいの便法は使うだろう。

それでどうやら自分を納得させて、差し出された書類にサインをし、パウルは役所を後にした。

手続きそのものは十分で終わったが、城に帰りついたときは昼を過ぎていた。パウルは牟田と違って、安全運転第一なのだ。

車を玄関わきの駐車スペースに入れて降りる。

玄関先で、ヘルムートとぶつかりそうになった。エンジン音を聞きつけて飛び出してきたらしい。

「何をそんなに慌てて」

言いかけて、笑いが引っ込んだ。ヘルムートの顔面は蒼白《そうはく》で、手は細かく震えている。その手を胸の前で握《にぎ》り締《し》め、ヘルムートは掠《かす》れた声を絞《しぼ》り出《だ》した。

「ああ、ぼっちゃま……！」

後が続かず、ただ唇をわななかせる。

ただならぬ様子に、両親の事故のときのことがオーバーラップした。

ギムナジウムの授業中に、校長秘書が教室に入ってきて、青ざめた顔で堅苦《かたくる》しく告げたのだ。

『フォン・ヒルシュヴァルト。すぐ家に帰りなさい。迎えが来ています』

学校の応接室でヘルムートの顔を見たとき、パウルは直感した。自分は一人ぼっちになったのだ、と——。

そのときと同じ寒気が、足もとから這《は》い上《あ》がるのを感じた。ヘルムートの背後に、ひごろの血色のよい丸顔を灰色にくすませたハンナを見たとき、嫌な予感はいっそう強まった。

「何かあったの」

不思議と平板な声が出た。

ヘルムートは喘ぐように答えた。

「日本から、電話がございました……」

ざっと血が逆流した。こめかみが痛いほど脈うっている。

聞いてはいけない。耳を塞《ふさ》げ。誰かがそう囁《ささや》く——。

パウルはやはり抑揚《よくよう》のない声で質《ただ》した。

「何と言ってきたんだ」

ヘルムートはごくんと唾《つば》を呑んだ。痩《や》せた首で喉仏が上下に動く。

「ミスターが、亡くなったと」

「……誰が」

「ミスター・シンでございますよ！」

ハンナが悲鳴のような声を上げて、エプロンを顔に押し当てた。

彼女のヒステリーで何かのスイッチが入ったように、ヘルムートはぺらぺらとしゃべりだした。

「最初、英語で何か言われまして。パウルさまを名指しされたようでしたが、州都にお出かけで遅くなると申しましたら、それが伝わったのかどうか、あまり上手《じょうず》ではないドイツ語で『ム《牟》タ《田》・イスト・トート《は死んだ》』と。『もう帰らない』とも言ったようで、訊《き》き直《なお》そうとしましたが、そのまま切れてしまいました」

急に足もとから床が消えたような気がした。自分の体が落ちないでいるのが不思議で、ぼうっと孔雀石《くじゃくいし》の床を見つめる。たしかに床はそこにあった。

ここで牟田とダンスをしたのはいつだったか。牟田の口ずさむ『美しく青きドナウ』が三半規管から流れ出す……。

パウルは強く首を振った。なのに、いっそう不吉な木霊《こだま》が耳の奥から響いてくる。

『僕には、親しい人に置いていかれるという呪《のろ》いがかかっているのかもしれません』

『あなたを置いて、私がどこに行くというんです』

——違う。ありえない。僕にばかり、そんなひどいことが起こるはずがない。

パウルは能天気に明るい声を上げた。

「いやだな、ヘルムート。何かの間違いだよ。きっとそうだ。国際電話はときどき混線するし、声も聞き取りにくいだろう？　おまえにしても、このごろ耳が遠くなってやしないか」

最後はからかい半分で言おうとしたのだが、語尾が震えてしまった。

ヘルムートはおぼつかない様子でうなずいた。

「そう……そうかもしれません……」

きっとそうです、とやや強く言い、同意を求めるようにハンナを振り向いた。ハンナは唇をわななかせ、今にも倒れそうに上体を揺らしている。

自分がしっかりしなくては、と思った。

「まず確かめることだ」

パウルは、最初に対面したとき牟田から貰《もら》っていた「メイシ」というカードを、フロントのデスクから探し出した。

名前は漢字とアルファベット、住所は漢字のみだが、電話番号の数字は万国共通だ。

国際電話のコードに続いて日本の識別番号を押し、交換を呼び出す。都会の公衆電話には直通でかけられるものもあるが、個人電話からでは交換を通さねばならないのだ。

すぐ日本に繋《つな》がったとみえて、変に一本調子な英語をしゃべる交換手が出た。牟田の番号を伝えて繋いでもらったものの、呼び出し音は鳴っているが誰も出ない。

じっと横から見つめる二人の目線が痛い。

一度切ってかけ直したが、結果は同じだった。

いらいらと時計を見ていて、ようやく時差の存在に思い当たった。

「あ。日本は夜か……」

ホテルなら二十四時間営業だが、牟田は一ホテルの支配人というような立場ではない。オフィスには、ビジネスタイムというものがあるだろう。

カードには、「オフィス」のアドレスの下にプライベートアドレスらしい文字の羅列《られつ》もあったが、そこに電話番号はなかった。

私邸の電話を聞いておかなかったことを、パウルは悔《く》やんだ。

「そうなると、向こうが朝になるまで待つしかないか……」

もう一度時計を見る。こちらで夜中の一時か二時に、日本はビジネスタイムになる計算だ。

常識的に考えて、それまで待つのが賢いだろう。もし間違いだったら、半日後には笑い話になる。

しかし、もし間違いでなかったら。

パウルはカードに目を据《す》えて、じっと考え込んだ。

牟田から聞いた日本の話。もっと牟田のことを知りたくて、自分で調べた日本の風習。

『ドイツではまだ土葬《どそう》が普通なのですか？　驚いたな。国土の狭《せま》い日本では、棺《ひつぎ》をそのまま埋《う》めるなんてことはできませんよ』

で、どうするかというと——。

「火葬」。その単語は、それ自体が炎《ほのお》を上げているかのように、パウルの胸を灼《や》いた。いっぽうで、喉もとに冷たい塊《かたまり》が突き上げてくる。

出立の朝、牟田は駆け戻ってきて肩を抱いてくれた。「すぐ戻ります」と微笑《ほほえ》んだ。あのときの顔が見納めになってしまうというのか。

パウルは、事務的にさえ聞こえる声で言いつけた。

「ヘルムート。日本行きの一番早い便を調べて予約をとっておくれ」

「え？　便と申しますと」

ヘルムートはぴんとこない様子だ。

「飛行機だよ。あたりまえだろう」

「ひっ？」

息が引っかかったような音をたてて、目を白黒させる。

パウルは淡々と言った。

「僕が自分で日本に行く。夜更《よふ》けになって日本と連絡がついて、間違いとわかればいいけれど、もし本当だったら」

その先は言わずに呑み込んだ。

——間に合わないかもしれない。日本人は遺体《いたい》を焼いて灰にする。僕はまた、死に顔も見ないで愛する人を送ることになる……。

ヘルムートは半信半疑の態《てい》で問い返してきた。

「やはり、ルフトハンザを？」

「なんでもかまわない。少しでも早く着くのを探してくれ」

パウルは自分の部屋に上がる気力もなく、鏡の間に入って手近な椅子に倒れ込んだ。

フランクフルト発午後四時の便に空席があった。今すぐここを出ればぎりぎり間に合う時間だった。

ハンナが大急ぎで詰めてくれたボストンバッグ一つを抱《かか》えて、パウルはヘルムートの運転する車に乗った。

森の中をドライブするのは好きだった。季節ごとに衣装を替える、生き生きとした自然の中を走ることが。だが今は、何も目に入らない。

パウルは組んだ手を額に当てて、ただ祈り続けた。もう起こってしまったことは、神にだって覆《くつがえ》すことはできない。間違いであってくれと祈るしかないのだ。

ヘルムートは、そんなパウルの様子に声がかけられないでいたらしかった。

二時間近く走って空港が見えてきたとき、ヘルムートはおずおずと言い出した。

「私もパスポートは持っております。何でしたら、私が日本へ」

パウルが飛行機に乗れるとは、まだ信じられないでいるのだ。無理もない。両親の事故があってからというもの、空港に近づくことさえできなかったのだから。

たしかにパウルは、かすかに震えていた。だがそれは、トラウマの源《みなもと》である空港に近づいたからではない。失うことを恐れているのは、自分の命ではない。

「大丈夫だ。乗れる。乗るよ」

ヘルムートは到着ロビー前のタクシー乗り場で車を停めた。ここには長く停めておくことはできない。まだ何か言いたげなヘルムートを残し、パウルは車を降りた。

鞄《かばん》を抱《かか》え直《なお》し、空港の中を走る。息を切らせて出発ロビーに上がってみると、航空会社の係員が、搭乗《とうじょう》手続きの窓口で待っていた。

「もう搭乗が始まっています。お急ぎください！」

いよいよとなると足がすくむかと思ったが、ためらう暇《ひま》がなかったのは幸いだった。

ゆっくり思い直す時間があったとしても、パウルは引き返しはしなかっただろう。

膝の震えも吐き気も、今では大したこととは思えなかった。牟田を失うかもしれない――いや、すでに失っているのかもしれないという恐怖に比べたら。

搭乗口から入ったところに客室乗務員が待っていて、すぐ席に案内してくれた。荷物を座席下に押し込み、急いでベルトをかける。指が震えて、バックルがカチャカチャと音をたてた。

乗務員は気遣わしげにかがみ込み、声をかけてきた。

「お客さま。ご気分がお悪いようでしたら、後ほどブランデーでも持って参りましょうか」

パウルは唇だけで微笑んで首を振った。

飛行機が滑走路《かっそうろ》を走り出したときは、これでもう降りることはできないのだという悲壮感《ひそうかん》よりも、牟田のそばに行けるのだという思いの方が強かった。次に足を下ろすのは日本の土だ。そこに牟田はたしかにいるのだ。……生死は別にしても。

ベルト着用サインが消えても、パウルはベルトをしっかりかけたまま席から動けなかった。水平飛行に移って一時間ほどで機内食がサービスされたが、何も喉を通らなかった。

夕食が終わると、やがてあちこちで寝息が聞こえ始めた。

日本には現地時間で昼ごろに着く。時差というものがある以上、今眠っておかなければ体がもたない。

パウルも毛布を被《かぶ》り、眠ろうと努めたが、少しも眠気はさしてこなかった。足の下でゴウンゴウンと低い爆音がする。その床下には気も遠くなるほどの空虚《くうきょ》がある。そんなことも、今は頭になかった。

ただ繰り返し思うのは、牟田のことだった。

出会いの日の無愛想さ。城の売買に条件をつきつけてきたときの不遜《ふそん》な態度。黙々とコメのプディングを食べていた仏頂面《ぶっちょうづら》。ひとつ屋根の下で暮らすようになっても、鎧《よろい》を着込んだように自分を縛《しば》っていた。

それが変わったのは、いつからだろうか。クリスマス市《いち》？　いや、もっと前から、彼はパウルのことを気にかけてくれていた……。

『いい絵だったのでしょうね。そんなお顔をなさっている』

『ご両親のことは残念でした』

あのとき、自分もごく自然に、亡き両親への思いを吐露《とろ》することができたのだ。

そしてハネムーンの夜明け。隣で眠る牟田を、素直にいとしいと思ったはずなのに。

どうして牟田を問い詰めなかったのか。泣いて詰《なじ》ればよかった。なぜ心にもないことを自分に言わせるのか、と。そうしたら、納得のいく答えを返してくれたかもしれない。

せっかく結ばれたのに、ぎくしゃくした数日を送ってしまった。もしこのまま、牟田と永遠の別れになるとしたら、一分でも一秒でも、心がかけ違った時間を過ごしたくはなかった……。

後悔がぎりぎりと胸を嚙む。漏《も》れそうになる嗚咽《おえつ》を、パウルはかろうじてねじ伏せた。

やがて飛行機の窓から、朝焼けに染まる雲海が見えてきた。

結局、パウルは一睡《いっすい》もできなかった。

入国手続きを済ませてタクシー乗り場に出る。

空港から電話を入れてみようかとも思ったが、公衆電話がどこにあるのかわからない。ナリタでは、英語はよく通じるようだが、不案内な場所で下手《へた》に探すより行った方が早いだろう。

タクシーの運転手は外国人客に慣れている様子だった。ただ、助手席に乗ろうとしたら、驚いたような顔をされた。相手のそぶりから、後部座席に乗るのが現地のマナーらしいとわかった。

英語で「どちらまで」と訊《き》かれ、パウルは牟田《むた》の「メイシ」を差し出して、プライベートアドレスを指さした。運転手はすぐ心得たように車を出した。

大きな道路に出てみると、周りを走るタクシーはみな客を後部座席に乗せている。助手席に客が乗っているのは、後部座席が埋《う》まっている場合に限るようだった。

町までずいぶん遠い、と感じた。首都のメイン空港がこんなに市街から遠いなんて信じられない。日本は国土が狭《せま》いのではなかったのか。

焦燥《しょうそう》をなんとか紛《まぎ》らそうと、パウルは後部座席からときどき運転手に言葉をかけた。だが相手は、ほとんどイエスかノーかしか答えない。話しかけられたくないのかもしれない。

助手席に客を乗せたがらないことといい、話しかけられたくないのかもしれない。その取り付く島のない態度は、出会ったころの牟田のぶっきらぼうな態度を思い出させる。大学の日本人留学生たちは、シャイでも愛想《あいそ》はよかったものだが、どちらが日本人としては一般的なのだろうか。

あまりの反応のなさに、ちゃんと道がわかっているのかと心配になったころ、運転手はスピードを落として声をかけてきた。

「お客さま。この住所ですとここらあたりですが」

そして、その近辺では最も大きな門の前に車を止める。表札の漢字は二文字だ。

パウルは訊いてみた。

「あの字は『ムタ』と読みますか？」

運転手は「イエッサー」と請《う》け合《あ》った。

「では、ここで降ります」

相手の言う金額をいくらか超えるように、空港で両替した日本円の札を何枚か選《よ》り出《だ》す。釣《つ》りは断って車を降りた。

運転手は急に愛想よくなり、何度も頭を下げて走り去った。

パウルは頑丈《がんじょう》そうな門扉《もんぴ》に向き直った。「ムタ」と読むはずの文字板の下にインターホンがある。

ボタンを押すと日本語らしき言葉が返ってきたが、パウルは英語で案内を乞《こ》うた。

「西ドイツのヒルシュヴァルトと言います。ミスター・シン……いえ、ムタが所有する城の者ですが」

するとすぐ、向こうはあまりうまくない英語で返してきた。

『今、門を開けます。どうぞお通りください』

カチリと音がして、門の鍵《かぎ》が開いたのがわかった。芝生《しばふ》の中の平たい石を踏み、格子戸《こうしど》の前に進む。

玄関で出迎えたのは、使用人らしい中年の女だった。ニットのワンピースに白い前掛けをつけているところを見ると、ハンナのような立場にあるらしい。

女は玄関の板の間に膝をついてパウルを見上げ、子音の強い英語でゆっくりと告げた。

「今日は、みな留守です。葬儀《そうぎ》に行っています」

「葬儀」という決定的な単語に、目の前が暗くなる思いがした。ここまで来る間、何かの間違いだと、間違いであってくれと願っていたのだ。

「大丈夫ですか」

女は気遣《きづか》わしげに眉《まゆ》を寄せている。

パウルは、ここで倒れるわけにはいかないと足を踏みしめた。

まだだ。まだ、牟田に会っていない。

「教会は、どこですか」

「教会？　いえ、葬儀はお寺で……行かれるのなら、タクシーをお呼びしましょうか」

お願いします、と応じる。

タクシーはほどなくやってきた。女は門までついてきて、寺の名前を運転手に告げてくれたようだった。

パウルは、自動で開いたドアから後部座席に乗り込んだ。

車が走り出すと同時に、どっと嫌な汗《あせ》が噴《ふ》き出《だ》してきた。気分が悪い。

運転手はバックミラーをちらちら見て、何やら声をかけてきた。パウルはその表情から自分が心配されていると察知した。よほど顔色が悪いのだろう。

気遣ってくれるのはありがたいけれど、今度はパウルの方が放っておいてほしい気分だった。

「オーケイ、オーケイ」

手を振ってみせたが、運転手の眉は心配そうに寄ったままだ。道中何度か「オーケイ？」と声をかけられた。

二十分ほどで、目的地に着いた。メーターをのぞき込んで財布を出そうとすると、慌てて押し留められた。どうも牟田家の方で払っておいてくれたらしい。

寺は村の教会より立派だった。黒々とした柱、どっしりした瓦《かわら》。なぜか、黒と白の縞《しま》模様の布が張《は》り巡《めぐ》らされている。エキゾチックな情景だが、もの珍《めずら》しく眺《なが》める気持ちにもなれない。パウルは魂《たましい》が抜けたように、門の前で立ち尽くした。間に合うだけは間に合ったのだ、と自分に言い聞かせる。

門を一歩入ると、強い香料が匂《にお》った。香水ではなく、何かを燃やしているようだ。奥の大きな木造家屋《かおく》からは、単調な歌と、ぽくぽく木を叩くような音が響いてくる。

小さな丸い石の敷き詰められた庭には、一画にテントが張られていて、黒い服を着た数人の男女が参列者の応対をしているようだった。

その中で采配《さいはい》を振るっている若い男に、パウルは目を留めた。

薬師寺《やくしじ》だった。しかし、異国で知った顔に出会う嬉しさなどかけらもない。薬師寺が喪《も》の正装でこの場にいるということは、やはり間違いなどではなかったのだ。

絶望がひたひたと押し寄せてきた。一縷《いちる》の望みも砕《くだ》かれて、くたっとその場にくずおれてしまいそうになる。

だが薬師寺なら、牟田に何が起こったのか知っているはずだ。牟田の最期《さいご》の様子を訊くこともできるだろう。

訊かなければ。そして牟田の顔を見せてもらわなければ。最後にひと目でも。

パウルはよろよろとテントに向かって歩きだした。

薬師寺は小石を踏む音に顔をこちらへ向けた。あっという表情になり、一瞬固まって、テントから飛び出してきた。

「パウルさま!?　いったい、どうして」

どうして、とは？　パウルの飛行機恐怖症を知っていて、まさか葬儀に来れるとは思っていなかったということだろうか。

ヘルムートでもついてきていると思ったのか、薬師寺の目はパウルの背後に向いた。そこに誰もいないと知ると、薬師寺は、いっそう驚いた様子で声を高くした。

「わざわざ来られたのですか、お一人で？」

うなずくのが精一杯だった。口を開けば、子供のように声を上げて泣いてしまいそうだった。

薬師寺はあたふたと奥の建物に向かって駆け出した。ちょうど例の単調な音楽が終わって、人々が表に出てきているところだった。

「槇一郎《しんいちろう》さま！」

その呼びにくい名があたりに響く。

——シンイチロ？　なぜ死者を呼ぶ？　そういう葬送儀礼でもあるのか。

ともかく、牟田の遺骸《いがい》はあの建物にあるらしいと見当がついて、パウルはふらふらと薬師寺の後を追った。

薬師寺は木の階段を上がっていき、もう一度呼ばわった。奥の方にいた一人の男が、それに応えて立ち上がる。

上背《うわぜい》のある美丈夫《びじょうぶ》。東洋人にしては彫りの深い顔だち。額から後ろに撫《な》で付《つ》けた艶《つや》やかな黒髪。

男は、薬師寺を押しのけるようにして階段を降りてきた。

「パウル、いったいどうしたんです！」

パウルは呆然《ぼうぜん》と目を瞠《みは》っていた。

「シン……？　シンなんですか？　あなたは、生きて」

風景が回転し、かくんと膝が崩《くず》れる。地面に打ち付けられる寸前、強い腕にがしっと体を支えられた。たしかな温もりに、パウルはしがみついた。

「ああ、神さま」

喘《あえ》ぐように神の名を呼ぶ。

そのまま、すーっと意識が遠のいた。


目が覚めたとき、時計を見なくとも、かなり長いこと眠っていた感覚があった。

無理もない。昨日飛行機に乗ってから、ほとんど一睡《いっすい》もしていなかったのだ。それが牟田の顔を見たとたん、緊張の糸が切れてしまった。バチッと電源の落ちる音がしそうな喪神《そうしん》だった。

パウルは横たわったまま、しばらく天井《てんじょう》を眺めていた。見慣れぬ模様がある。木の板だと気がつくのに、ちょっと時間がかかった。

顔を横に向けてみる。床とほぼ同じ高さに寝かされているとわかった。

どうやらここは、寺の一室らしい。

部屋の中央にはどっしりした四角いローテーブルがあって、そのわきに、白いブラウスに黒いスーツの女が端然と座っている。

パウルは慌てて寝床《ねどこ》から身を起こした。

女は落ち着いて一礼し、流暢《りゅうちょう》な英語で説明する。

「みなさま、火葬場《かそうば》の方にいらっしゃいました。もう間もなくこちらに戻られるはずです」

私邸の留守番よりしっかりした口調だった。これはたぶんハウスキーパーではなく、会社関係の人間だろう。

「様子を見て参りますので、ここでお待ちください」

女はもう一度お辞儀をして膝で立ち上がり、仕切り戸を開けて姿を消した。

パウルは寝床から滑《すべ》り出《で》た。

じかに床に敷《し》かれた寝床とは奇妙なものだ。ベッドメイキングはどうするのだろう。

わからないなりに、上掛けを平らにならして、とりあえず乱れた感じを整える。

自分がシャツ一枚になっているのに気づいて部屋の中を見回すと、コートと上着は壁に沿った黒いパイプのようなものに掛けられていた。

ネクタイが緩《ゆる》めてあるのを締め直し、上着を羽織《はお》る。

それから、もの珍《めずら》しく部屋中を探検した。

床は板ではなく、草の敷物が敷き詰めてある。これが教科書に載っていたタタミだろうと見当がついたが、こんなものとは知らなかった。一部屋に一枚ではなく、何枚かをパズルのように組み合わせて使ってある。そして一枚一枚が豪奢《ごうしゃ》な布で縁取《ふちど》りしてあった。

仕切りの戸を叩いてみると、紙でできているらしく、ぼすんとこもった音がするだけだ。これでどうやってノックするのだろう。紙の扉のことは、そう、たしか「ショージ」というのだ。

ひととおり見て回ると、パウルは所在なくローテーブルのそばに片膝を立てて座った。そのまま三十分ほども待っただろうか。

大股《おおまた》で木の床を踏む足音がして、「ショージ」がすらっと開いた。

牟田だった。

ずかずかと入ってきた男は、テーブルを前に片膝を抱《かか》えているパウルの横に膝をつくなり、「起き上がって大丈夫ですか」と顔をのぞき込んできた。

「べつに。病気ではないので」

つい拗《す》ねた調子になってしまう。

どういう間違いが起こったのかわからないが、これでは自分はまるで道化だ。

「飛行機で来たのですよね？」

パウルは不愛想にこくりとうなずく。

「よくまあ乗れましたね。空港にも近づけないと言った人が」

牟田の声には、あきれたという響きがあった。

さすがにむかっ腹が立って、詰《なじ》る口調になってしまう。

「だって、あなたが死んだと聞かされたんですよ？　どうしてじっとしていられますか」

牟田はきょとんとしている。

「私が……？　いったい誰がそんなことを言いました」

「誰だか知りませんが、ヘルムートに電話でそう言ったのです。ハンナは泣いてましたよ！」

あまり相手がけろっとしているので、ますます苛立《いらだ》ちがつのる。

牟田は首をかしげた。

「たしかにヘルムートが出ましたね……」

次の瞬間、牟田は「あっ」と小さな声を上げた。笑ったものかどうかという微妙な顔で、指をつきつけてくる。

「あなたもいけないのですよ、あんなことを教えるから」

「……なんですって？」

「ムタという名前はドイツ語で『母』だと言ったでしょう。だから私は、『母が亡くなった』と連絡したつもりだったのです。そして、すぐには帰れないと」

ぽかんと口を開けているパウルの前で、牟田は頭を抱えた。

「ヘルムートが出たので、英語ではダメだと思ってね。下手に慣れないドイツ語を使ったのが間違いのもとだ」

パウルは驚きから立ち直り、追及した。

「でも、あなたは『自分には母はいない』と」

ほころびかけていた牟田の顔が、ふと翳《かげ》る。

「いないようなものだったのです。母は私の存在を認めようとしませんでした。母にとって私はいない。ならば、私にとっても母はいないということでしょう」

牟田は膝に置いた手で、ズボンをぎゅっと摑《つか》んだ。

「母は……長いこと心を病んでいました」

牟田は、両親の結婚をめぐるいきさつを語った。要するに、政略結婚であった、と。政治に関係はないが、二つの家の利害の一致による婚姻《こんいん》をそう呼ぶのだ、と。

「それでもうまくいく場合もあるのでしょうが……母は結婚に過剰《かじょう》な夢を抱《いだ》いていたので、実利的な父とは合わなかったのです。おまけに、父には結婚前から愛人がいましたしね」

他人事《ひとごと》のように冷静だ。情がないというより、そういう家庭に育った子供が身につけた処世術のようなものかもしれない、とパウルは思った。鎧《よろい》の下で牟田を縛《しば》っていた鎖《くさり》かたびらは、これだったのだ。

「母はもともと夢見がちな文学少女でした。結婚生活の破綻《はたん》が、母をおとぎの国の住人にさせてしまった。いつか白馬に乗った王子さまが、塔から救い出しに来ると信じていました」

王子さまにこだわったのは、そういうことだったのか。

「私はいっそ、母を夢の城に住まわせてやりたいと思ったのです。空想が現実になれば、母はこちらの世界へ戻ってこれるのではないか、と。父の賛同を得るのが難しいのはわかっていたので、古城ホテルを軌道《きどう》に乗せておいて、『転地』という名目で母を呼び寄せるつもりでいたのですが」

牟田はそっけない言葉で締めくくった。

「少々遅かったのです」

そんなことを聞かされたら、振り上げた拳のやり場がない。

「ムタ」はたしかに「母」だけれども、「私の母《マイネ・ムタ》」と言うべきだったのだ、とか。いくら非常時でも、もう一報入れることはできなかったのか、とか。言いたいことはたくさんある。

だが牟田の顔を見ているうちに、そんなことはどうでもよくなってしまった。自分を愛してはくれない母、一人で夢想の世界に去ってしまった母を、それでも守ろうとした牟田の思いに、「聖家族」のマリア像に亡き母を見ていた自分の思慕《しぼ》の情が重なった。

そしてその母を失った今も、悲しみを露《あら》わにはしない牟田の抑制《よくせい》が、いっそう痛ましく思えた。

パウルはかける言葉を探してしばし黙した。

「失礼します」

すっと「ジョージ」が開き、さっきの女が、丸い木のトレイでカップと皿を運んできた。鮮《あざ》やかな模様のある白いカップには、緑がかった液体が湯気《ゆげ》を立てている。その横には黒と黄色の、子供の握《にぎ》り拳ほどの大きさのものが皿に載っていた。

牟田は、女が置いていった皿をパウルの方に押しやった。

「その様子では、ろくに食べていないのではないですか。菓子とお茶では腹の足しにならないかもしれませんが」

「これ、お菓子なんですか」

場の空気が変わったことにほっとした。今度は好奇心が頭をもたげる。

それに、現金なもので今になって胃袋が不満を訴《うった》えている。パウルは丸いケーキに見えなくもないそれをつついた。

「ああ、これは豆のジャムですね？　こっちは、黄色いお砂糖？」

添えられていた赤い塗《ぬ》りの二股《ふたまた》フォークで一口大に切る。中は白い。

口に放り込んで咀嚼《そしゃく》し、ごくりと呑み込む。パウルは上目遣いに牟田を睨《にら》んだ。

「あなたはウソをつきましたね」

「いつ私が」

心外そうに眉を吊《つ》り上《あ》げる。

「日本では、コメはデザートにはしないと言いました。これ、中は炊《た》いたコメではないですか」

フォークの先に刺さったものを突きつける。牟田はくすっと笑った。

「これはやられた。そうか、ボタモチはコメのデザートですね」

そのまま、くっくっと笑い続ける。

「参った。葬式の後で笑えるとは思わなかった」

そう言いながら、牟田はすばやく目をぬぐった。

パウルは目を伏せ、カップの茶に口をつけた。初夏のシュヴァルツヴァルトを思わせる若葉の匂いがした。紅茶と違ってさらりと軽く、快《こころよ》い苦味が口中に広がる。爽《さわ》やかで喉ごしのいい液体が、体に溜まった澱《おり》を浄化してくれるようだった。昨日の午後から今までの言語を絶する苦悩が消えていく。

牟田の母が亡くなったことは気の毒だけれど、牟田自身が生きていた。生きていてくれた。間違いを笑われてもいい。間違いでよかった。

その一方で、ある不安が頭をよぎった。牟田は、心を病んだ母親のために城がほしかったのだ。白馬に乗った王子さまも。では今は、それらはもう必要がないのではないか。牟田はドイツで古城ホテルを経営することに、興味を失ってしまうかもしれない。

訊くのが怖い。しかし、もう二度と、あんな後悔はしたくない。訊くべきことを訊かずに、一人であれこれ憶測《おくそく》して、相手と自分の間に隔《へだ》てを作ってしまうようなことは。

パウルはことりとカップを置き、正面から牟田を見据《みす》えた。

「シン。一つ聞かせてください。あなたは今後、どうするつもりですか。ゴルトホルンはあなたにとって」

どう言おうか迷って言葉が途切れた。

牟田は熱っぽく身を乗り出した。

「それについては、私も考えていることがあるのです」

そのとき、廊下を軽く擦《す》るような足音が近づいてきた。靴《くつ》を履《は》いてもいないのに、日本の家屋は誰かが来た気配を室内にいる者に的確に伝えてくる。

足音は部屋の前でぴたりと止まった。ひと呼吸あって、

「槇一郎さま」

「ショージ」の向こうから薬師寺の声がした。音もなく戸が開く。薬師寺は境目の板のところに膝を揃《そろ》えて座っていた。

薬師寺はパウルに目礼《もくれい》した。牟田に向かって早口の日本語で話しかけながら、しきりに背後を気にしている。誰かこちらに来るのだろうか。

薬師寺の言葉を聞いていた牟田の顔に、さっと影がさした。

敵意、反感、軽蔑《けいべつ》、そして——一抹《いちまつ》の情愛。

ぴんときた。

「お父さまですか」

「――ええ」

パウルは慌てた。牟田の父に会うのは初めてだ。日本有数のホテルチェーンのオーナー社長とは、どれほどの人物か。まして自分は、息子である牟田と恋仲になっている。どんな顔をして会えばいいのだろう。葬儀に出るつもりで、きちんとした身なりをしてきたのは良かったけれど……。

すぐにどすどすと重い足音が近づいてくる。薬師寺がさっと下がって平伏《へいふく》した。

足元の青年を見もせずに入ってきたのは、五十は過ぎているだろう、押し出しの立派な男だった。牟田とはあまり似ていない。薬師寺を締め出すように、ぴしゃんと後ろ手に「ショージ」を閉めるなり、「槇」と声をかけてきた。

自分と同じ呼び方に、はっとする。

そのまま何か日本語で話しかけるのを遮《さえぎ》って、牟田は父のことを「シャチョー」と呼んだ。英語に切り替えて、

「ドイツからのお客人です。パウル・フォン・ヒルシュヴァルト氏」

パウルはさっと立ち上がり、低いテーブル越しに手を差し出す。

「初めまして。お目にかかれて光栄です」

相手はちょっとまごついた様子で握手《あくしゅ》を返してきた。握り方も中途半端で、パウルをどう遇《ぐう》してよいか迷っているふうだ。

「はあ。これはこれは、ようこそ」

そして尋《たず》ねるように息子を見やる。牟田は目でパウルを座らせた。「シャチョー」もどっかりと座り込む。

「遠来のお客人の前で、日本語はやめましょう。内緒話は失礼です」

牟田の気遣いが嬉しい。パウルはあらためて弔意《ちょうい》を述べた。

「このたびは奥さまのこと、お気の毒でした」

「や、これは、ご丁寧《ていねい》に」

ハンカチで額を拭《ぬぐ》い、言いわけがましくまくしたてる。

「よんどころない用事があって、葬儀はこれに任せてしまいました。最後の挨拶《あいさつ》だけはと駆けつけてきた次第で。槙、この方にはここで待っていただきなさい。表座敷の方で皆さんがお待ちだぞ」

「その前にお願いすることがあります」

牟田は膝を揃えて座り直した。

そのたたずまいに何かを感じたのか、牟田の父は目をそばめて口をへの字に引き結んだ。

牟田は一語一語区切って、ゆっくりと言い出した。パウルにも聞かせようとしているのだとわかった。

「親族の集まっている場で、皆に披露《ひろう》してください。東都《とうと》ホテルグループは、洸二郎《こうじろう》に継がせると」

言葉を切って、牟田は「私の異母弟です」と耳うちしてきた。愛人がいたというから、そちらの子かと納得する。

――しかし、いったいどういうつもりで?

会話は聞き取れても、パウルには話が見えない。

父親は虚《きょ》をつかれたようにぽかんと口を開けていたが、首からじわじわと赤くなった。

牟田に指を突きつけ、唾《つば》を飛ばす。

「な、何を言う。後継者は、おまえだ。おまえでなければ東都は」

牟田は膝に手を置いたまま、落ち着き払って切り返す。

「あいつにも私と同じくらいの力量はある。あなたの息子ですからね。母親がしっかりしているぶん、私より優秀です」

相手はじつに嫌な顔をした。パウルにちらっと目を走らせ、叱《しか》りつける調子で言う。

「おまえ、そんなイヤミを無関係な客人の前で」

言いさして、ハンカチでまた額の汗を拭《ふ》いた。

「まんざら無関係でもありません」

牟田は涼しい顔で言い放つ。

「彼から買った城、そして今では彼と共有名義になっている城とその経営権を、財産分与としていただきたい。ほかには何も要《い》りません」

パウルは息を呑んで、牟田の横顔を注視した。

それでは牟田は、ずっとドイツにいてくれるのか。母亡き後も、ゴルトホルンを見放すことなく。

こういう場面だというのに、噴き上げるような喜びを感じる。

釘《くぎ》を刺されていたにもかかわらず、牟田の父はテーブルに身を乗り出して、日本語でののしり始めた。

牟田は手を上げてそれを制し、さらに過激なことを言い出した。

「私に後を継がせても、その後はないのですよ。牟田家は絶えます。私は誰とも結婚しませんから。愛人もなしです」

それでいっそう、牟田の覚悟がわかった。嬉しいというより、むしろ厳粛《げんしゅく》な気持ちになる。

パウルは我知らず、牟田の隣で姿勢を正していた。

牟田の父は困惑の態《てい》で問い返した。

「一生独《ひと》りでいるというのか？」

いいえ、と牟田は首を振った。

「そんな寂しい人生を送るつもりはありませんよ。お父さんのように、何人もの伴侶《はんりょ》は要りませんが」

牟田は隣で慣れない正座をしているパウルに、にこっと微笑みかけてきた。思わず微笑み返す。膝に載せた手がしっかりと摑まれ、差し上げられた。

「彼が私の一生のパートナーです」

一拍おいて真っ赤になった顔から、どっと汗が噴き出す。牟田の父親はもうそれを拭おうともしなかった。

「こ、こんなところで話すことか！　とにかく、一度家に帰ってだな……」

「帰りません。あの家は私の家じゃない」

牟田は静かに言った。パウルがどきっとするほど冷たい声音だった。

そしてパウルを見返って、こう切り出した。

「あなたの城が私の家だ。私をあなたの騎士にしてくれますね？」

ベッドの下に跪《ひざまず》いて愛を乞《こ》われたときよりも、胸は高鳴っていた。

「はい」

パウルは深くうなずいた。

あとはもうめちゃくちゃだった。父親は、こめかみに青筋を立てて日本語でまくしたてる。何を言っているかはわからないが、どんなことを言っているかはわかる。罵《のの》り言葉の半分は、きっと自分に向けられているのだ。

自分がこの修羅場《しゅらば》の火種《ひだね》である以上、あえて受け止めるべきだと思った。

「シン。お父様に伝えてください。僕にもわかるように言ってください、と。弁明はしませんが、理解したいとは思うので」

「その気持ちだけでじゅうぶんです。あなたに泥《どろ》を浴びせるようなことはしたくない」

牟田はひと声呼んだ。

「薬師寺！」

パン、と戸が開いて、片膝を立てた薬師寺がそこにいた。秘書はずっと「ショージ」の向こうに控《ひか》えていたらしい。なんだかニンジャのようだ。

「パウルを連れていけ。任せたぞ」

薬師寺は一礼し、部屋に入ってきた。パウルの傍《かたわ》らにさっと膝をつき、その肘《ひじ》をとって立たせる。

「パウルさま。こちらへ」

手をとられて「ショージ」のところまで来たものの、後ろ髪を引かれる思いで振り向く。

牟田は微笑んでうなずいた。

「大丈夫。後で行きます」

もう一度薬師寺に促《うなが》され、廊下に出る。そのまま玄関にパウルを導《みちび》くと、薬師寺は先に土間に降り、さっとパウルの靴《くつ》を揃えて出した。

自分で靴を脱いだ覚えがない。気を失ったまま、さっきの部屋にかつぎ込まれたのだろうか。醜態《しゅうたい》をさらしたものだ。鞄は、と振り返ると、すでに薬師寺が持っていた。

寺の敷地内に停めてあった薬師寺の車は、白い軽自動車だった。

「狭《せま》いですが」

恐縮して、助手席のドアを開けてくれる。

ベルトをかけながら、パウルはおずおずと訊いた。

「あの、僕はどこへ……」

薬師寺はステアリングを回して寺の裏門から車を出しながら、明快に請け合った。

「ご心配には及びません。うちとは繋《つな》がりのないホテルにお連れしますから」

――経営しているホテルでも実家でもないところへ？

ちらりと不審を覚えたが、激昂《げっこう》した父親や、牟田家の圧力から自分を守るためだ、と気がついた。

牟田邸も寺もどちらかというと郊外にあったらしく、三十分ほど走ると車が多くなって都心に近づいたのがわかった。

薬師寺はちらっと運転席の時計に目をやった。寺に置いてきた牟田のことが気がかりなのだろう。

パウルもそれが気にかかる。

あの父親と、今ごろ牟田はどう向かい合っているのか。彼の示してくれた覚悟は嬉しいが、苦しい戦いを強《し》いられているのではないか。

自分一人、安全圏にいていいのか。

ちりちりと胸が疼《うず》く。そうかといって、異国で自分にできることは何ほどもない。ただ牟田を信じて待つほかは。

まもなく車は小さな渋滞を抜けて、のっぺりした箱のような外観のホテルに近づき、地下駐車場に滑《すべ》り込《こ》んだ。

薬師寺がとってくれた部屋は、ごく普通のシングルルームだった。

「私はいったん槇一郎さまのもとへ参りますが、夜にはこちらに戻ります。何かありましたらフロントにお申しつけください。ゴルトホルンには、もう私の方から電話して事情は説明してありますから」

薬師寺はそう言い置いて出て行った。

パウルは溜め息をついてベッドに体を投げ出した。この二日のうちに、天国と地獄《じごく》と煉獄《れんごく》のすべてを経験したような気がする。

そして今、牟田の家は苛烈《かれつ》な嵐に見舞われている。

家の中に渦巻《うずま》く小さな嵐に、きちんと向き合わなかった結果だとしても、息子に絶縁状をつきつけられたあの男が、パウルには哀《あわ》れに思えた。

牟田の父は、本当に妻を愛してはいなかったのか。後継者としてだけ牟田を欲しているのか。

自分にはわからない。想像するしかない。

だが、自分に突き刺さってきた父親の眼差《まなざ》しからすると、やはり親子としての情はあるのだという気がする。牟田は認めようとしないかもしれないが。

罪深《つみぶか》いことをしている、と思った。自分の愛に正直に生きることは、周囲の人々をも巻き込んでしまう。

それでも自分は、牟田をあきらめることなどできない。

パウルは起き直り、デスクの引き出しから聖書を探し出した。こうしたホテルにはたいてい備えてある、英文と現地語対訳のものだ。最初のページから、ゆっくり読み始める。

またもや眠れぬ夜を過ごすことになりそうだった。


牟田《むた》は次の日の午後、パウルが待つホテルにやってきた。

軽いノックの後に「グドゥン・ターク?」とシュヴァルツヴァルトなまりの挨拶《あいさつ》を聞いたと

き、パウルはドアを開けるなり、そこに立つ男に抱きついていった。

失ったと思った人を取り戻したのだ。もう離れたくない。自分に素直になりたかった。

だがもし父親の許しを得られず、別れねばならないとしたら。考えるだけで身が震える。

おずおずと首尾を尋《たず》ねるパウルをベッドにかけさせ、牟田はあっさりと言った。

「それは、許すとは言いませんよ」

顔色は悪いが、吹っ切れたようなさばさばした表情で続ける。

「ですが、私はもう、あなたも認めたゴルトホルンの人間ですからね。無理に連れ戻すことなどできない相談だ」

あなたのことは無理に引き留めたんでしたね、と照れたように笑った。

それから真面目《まじめ》な顔になり、パウルの横に腰を下ろした。

「しかし当分は、仕事の引き継ぎや母の法要などで、日本にさいさい戻らなくてはならないでしょう。それは許してくれますね？　二人で生きていくために必要なことですから」

パウルは、はっと目を瞠《みは》った。あの夜、牟田は同じようなことを言わなかっただろうか？

『信じてくれますか。これから私が何をしても何を言っても、すべてあなたを想ってのことだと』

自分は何を聞いていたのだろう。牟田の言葉を信じると決めたのではなかったか。

パウルは勇気をふるって言い出した。

「シン。それではあれも、僕を想ってのことだったのでしょうか」

牟田は眉《まゆ》を吊《つ》り上《あ》げた。

「あれ、とは？」

唇を湿し、言葉を押し出す。

「あのとき……僕に『拒《こば》め』と言ったことです」

牟田は、あ、と小さく声を漏《も》らした。見開かれた目に揺らぎがないのを感じ取って、パウルは切々と訴《うった》えた。

「僕はずっとそれが引っかかっていました。あなたらしくもない、不誠実なやり方だと思って。それでも、愛し方を知らないと言ったあなただから、そんなふうにしか表せないのか、と。それとも、あなたなりのこだわりがあって、そういう形をとらなければ僕を抱けないというのなら……。でも、やはり辛《つら》いのです。あなたを拒む気持ちなどみじんもないのに、あなたにも自分にも、嘘をついているようで」

牟田はパウルを遮《さえぎ》りはしなかったが、何度も首を振った。深い皺《しわ》が刻まれた眉間《みけん》に、黒髪が一房《ひとふさ》かかる。

「それは、私がいけなかった」

牟田は唇を噛んだ。そしてベッドを滑《すべ》り降《お》り、あのときと同じように、パウルの前に膝をついた。

「信じてください。あなたのためによかれと思ったことなのです」

やはりそうか、と思った。理由もなく、牟田が自分の気持ちを弄《もてあそ》ぶはずがなかったのだ。

牟田はパウルの膝に手を置いた。

「旅行前夜に祈っていましたね。……あなたが浮かない様子なのが気になって、こっそり覗《のぞ》いたのですよ。何を祈っていたのかくらい、察しはつきます」

パウルはこくりとうなずいた。自分に牟田の見えにくい感情がわかるように、牟田にもパウルの気持ちがわかるようになっていたのだろう。

「日本でも、同性の関係はあまりおおっぴらにできるものではありません。とはいえ、日本人はもともと性のバリエーションに寛容なところがあって……私も、軽く考えていたかもしれない」

言葉を切って頭を垂《た》れる。

「あなたにとってどれほど重大なことかを、あなたがマリア像に額《ぬか》づく姿を見て、初めて実感したのです。日本人ならではの宗教的無節操から、私には罪《つみ》の意識が乏《とぼ》しかった」

パウルはおそるおそる言葉を挟《はさ》んだ。

「そのことと何の関係が？」

牟田の言葉は静かだが、火を吐《は》くようだった。

「あなたにそんな重い荷を負わせたくない。それでも、あなたを欲しいと思うのを止《や》めることはできない。罪深いのは私だと悟ったとき……私一人が罪を負えばいい、と考えついたのです。あなたは私を拒んだ。強引に奪われたのであって、自ら罪を犯したのではないと、神さまに言いわけが立つでしょう」

「神さまに言いわけ」などと、確《かく》たる信仰を持たない者らしい、おかしな言い回しだった。にもかかわらず、パウルはある種の畏敬《いけい》の念に打たれた。自分の方が跪《ひざまず》きたい思いだった。

『私一人が罪を負えばいい』。

その言葉に、すべての人間の罪を背負うため、十字架にかかった聖なる存在を重ねたのだ。

自分は神の前に恥じることはない。これほど深い愛を捧《ささ》げてくれる相手に巡り会えたことが、神の恩寵《おんちょう》でなくて何だろう。胸がいっぱいになって、何も言えなかった。

牟田は、飄然《ひょうぜん》と頭を搔《か》いた。

「いい考えだと思ったのですが、あの場ではうまく説明できなくて……私も切羽詰まってましたからね」

パウルは涙ぐんで、牟田の方にかがみ込んだ。

何日ぶりかの口付けを交わす。だが、互いの舌がろくに絡み合わないうちに、遠慮《えんりょ》がちなノックの音がした。

「槇一郎《しんいちろう》さま。こちらにおいでですか？　チケットをお持ちしましたが」

薬師寺《やくしじ》の声に、牟田はやれやれと両手を挙げた。

「ここまできてまた邪魔が入るか」

薬師寺の手配してくれた飛行機は、その日の最終便だった。ヘルムートやハンナに一刻も早く無事な姿を見せたいという二人の思いを汲《く》んで、無理を通したらしい。

いよいよ飛行機に乗り込むとき、パウルの足はすくんでしまった。来たときは余計なことが考えられない状態だったからいいが、頭が冷えている今はやはり恐ろしくてたまらない。よくこんな鉄の棺桶《かんおけ》みたいなものに詰め込まれて、十三時間も耐えられたものだ。

それでも、牟田が一緒だからと、何とか自分を励《はげ》まして機内に踏み込んだ。ビジネスクラスで、空間にゆとりがあるのはありがたかった。閉塞感《へいそくかん》は、いっそう恐怖を増幅《ぞうふく》するような気がしたのだ。

やがて加速が始まり、背中がシートに押し付けられる。機体が浮かび上がって旋回し、小さな窓から地面が斜《なな》めに見えたときは、ぞおっと総毛《そうけ》だった。

関節が白くなるほど強くアームレストを摑んだ手に、牟田の大きな手のひらが被《かぶ》さる。パウルはその手の温《ぬく》もりだけに意識を集中して、魔の数分間をしのいだ。

水平飛行に移って、ほうっと肩の力が抜ける。

「よく一人でがんばりましたね」

牟田は微笑《ほほえ》み、パウルの手を取って甲にキスをした。

「私のためにあなたが払った代価を忘れませんよ」

パウルは頬を染めて、その手を握り返した。こうして手を握っていれば、牟田はどこにも行かない。忠実で頼もしい騎士がずっとそばにいてくれる。恐れることなど何もない、という気がした。

そしてパウルは、牟田の肩に寄りかかって、いつしかぐっすり眠ってしまったのだった。

城の玄関ホールで出迎えたヘルムートは、穴があったら入りたいという風情《ふぜい》だった。電話をしてきたのが牟田本人とは気づかず、死人扱《あつか》いしてしまったことで、今回の騒動にもっとも責任を感じているのだ。彼に電話で一報を入れた薬師寺は、「私はいたわりましたよ」と言っていたが、それはそれでプライドが傷ついたかもしれない。

ハンナは手放しで喜んでいる。

「間違いでようございましたねえ。いえ、お母さまのことは、ほんとにお気の毒だけんども」

泣き笑いの表情で繰り返す。牟田のことをただの雇用主ではなく、息子のように思い始めているらしかった。

「お土産《みやげ》だよ」

日本のホテルのショップで買ったロウケツ染めのスカーフを渡すと、

「あんまり派手でないかねえ」

そう言いながらも、嬉しげに首に巻いてみせる。

ヘルムートには、同じくロウケツ染めのネクタイをプレゼントした。気恥ずかしそうに受け取って、ヘルムートはふと「ヤクシッジは」と目を泳がせた。牟田は意地悪く突っ込んだ。

「私がさっさと逃げてきてしまったから、後始末をするために日本に残ってもらったよ。なんだ、あいつがいないと寂しいのか」

ヘルムートは顔を赤くして口の中でもごもご言っている。なんだかんだいって、いいコンビになってきているのではないか。

「長旅でお疲れでしょう。食堂でお茶でも」

ハンナが背を向けるのを、牟田は呼び止めた。

「その前に、話があるんだ。メイドたちを呼んできておくれ。フロントの坊やも」

今後のことを、さっそくスタッフに通達しようというのか、と思った。古城ホテルの経営を日本の本社から独立してやっていくこと、牟田がオーナーとして城に住み続けることを、彼らはどう感じるだろう。

ハンナがあちこちで呼ばわる声に応《こた》えて、現時点での城のスタッフが食堂に勢ぞろいする。

「お館《やかた》さまから話がある」と呼ばれてきた娘たちは、緊張してかしこまっている。フロントマンも直立不動だ。

牟田はまず二人のメイドに優しく声をかけた。

「君たちはこの近辺の村出身だったね」

はあ、とうなずくのへ、

「では、一週間ほど家に帰ってくるといい。ホテルがオープンしたら、しばらくは休む暇《ひま》もないことだろうから、今のうちに骨休めをしてきなさい」

パウルは、どういうことかと首をひねりながら訳す。それを聞いた若い娘二人は、ぱっと顔を輝かせた。

「よろしいんですか？」

牟田は、フロント見習いの青年にも同様のことを言い渡した。そして、ヘルムートとハンナにも、

「君たちは、親族のところへでも遊びに行くといい。ヘルムートは妹さんの一家のところ。ハンナは息子さんがいるだろう」

ヘルムートは黙って頭を下げたが、ハンナは抵抗した。

「嫌ですよう。勝手者のせがれには、もう十年も会ってねえがね。向こうだってけむったかろうし、今さら」

牟田は少し厳《きび》しい顔で遮った。

「君の息子さんにも、親孝行の機会を与えてやりなさい。たった一人の母と子じゃないか」

懐《ふところ》から数枚の封筒を取り出し、それぞれに渡す。

「臨時のボーナスというか、休暇手当だ。土産の一つも買っていくように」

ハンナは最後の抵抗を試みた。

「だけんど、みな出払ってしまったら、ぼっちゃまのお世話をする者がいませんよう」

牟田はこほんと咳払《せきばら》いして、こう言い放った。

「王子さまの世話は私がするから心配ない」

それを訳すときは、さすがに顔が火照《ほて》った。ようやく牟田の魂胆《こんたん》が読めたのだ。

「ええ？　どういうこったね？　だんなさまがぼっちゃまの……？」

ハンナには、まだ事情が呑《の》み込《こ》めないらしい。

ヘルムートが素早く進み出た。

「ハンナ。お二人のおっしゃるとおりにしようじゃないか。それが使用人の分というものじゃないかね」

釈然《しゃくぜん》としない様子の家政婦を尻目《しりめ》に、ヘルムートはパンパンと手を叩いた。

「さあ、みんな。支度《したく》をしなさい。まずおまえたち二人を村まで送っていくから。ハンナはシュトウットガルトから特急に乗る。急いだ、急いだ」

さすがの采配《さいはい》で、三十分のうちに城は無人になった。どこからも人声がしない。食器の触れ合う音も、靴音《くつおと》もない。食堂がやけに広く感じられる。

「さてと。これからが本当のハネムーンですね」

牟田はうきうきした様子で腰を上げた。

「本来、旅先ではなく、新居で過ごすものだそうですからね。や、新居はまだか……」

むにゃむにゃと語尾を濁《にご》し、パウルを椅子から引き上げて、厚い胸板に抱き込む。

「螺旋《らせん》階段はちょっとキツイかな。でもあなたは軽そうだから」

何のことかわからず、目を瞬《しばたた》く。

「首に腕を回してください」

そんなことなら、とパウルは牟田の首を抱き締めた。と、足が宙に浮いた。

「あっ、何を」

「言ったでしょう。これはハネムーンだって」

牟田はわきの下と膝下を両腕で支え、パウルの体をひとつ揺すり上げる。

「よし、いける」

そうひとりごちて、階段に足をかけた。

三階分を上りきったときには、さすがに息を弾《はず》ませていたが、瑠璃《るり》の間を入った正面の「聖家族」の前では、しゃんと背を伸ばした。

「息子さんをいただきます」

目礼《もくれい》し、ベッドに向かう。さすがに重くなったのか、どさりと投げ出しておいて、覆《おお》い被《かぶ》さってきた。

真上から見つめる黒真珠の瞳に、えもいわれぬ艶《つや》が滲《にじ》む。

「パウル。私にも、ひとつだけ不満はありましたよ」

え、と目を瞬く。何かマナーに反することをしてしまったのだろうか。

牟田はパウルのセーターの据に手をかけた。

「最初から、すべて脱いでいるものではありません」

そう言いながら、ぐいっと捲り上げる。パウルは首をちぢこめ、引き抜かれるに任せた。

セーターを投げ出した牟田は、今度はシャツのボタンを上から一つずつはずしてゆく。ズボンから裾《すそ》を抜き出し、ベルトに手をかける。前立の金具を焦《じ》らすように指で弾《はじ》かれたとき、パウルの喉はこくっと鳴った。

初めからほとんど裸だったときは、こんなに恥ずかしくはなかった。今日は暴かれるところから、順に桜色に染まってゆくようだ。

最後の一枚を、牟田はことさらゆっくりとずり下ろし、足首から抜いた。解放されたパウルの中心は、すでに芯《しん》を持っていた。

すべてを取り去った裸身を、牟田は確かめるように上から下まで隈《くま》なく撫《な》でる。

「ここで、あなたは宿り、生まれたのですね」

パウルはわななきながら答えた。

「……今、もう一度生まれるような気がします」

親を失い、財産を失い、慣れ親しんだ召使《めしつかい》たちとも離れねばならず、住む家さえ失いそうになって、一度は死んだようなものだった。牟田によって、自分は二度目の命を得た。そして牟田も、異国で新しい人生を生きる……。

亡国の王子が、流浪《るろう》の果てに忠実な騎士の助けを得て、王国を取り戻す。そんなおとぎ話の主人公になったような気がした。おとぎ話と違うのは、王子は姫を娶《めと》らず、いつまでも騎士と幸せに暮らす、ということだ。

二人はどちらからともなく、深い口付けを交わした。口付けを解《ほど》くのも惜しいというように、牟田は慌《あわただ》しく着ているものを脱ぎ捨てる。衣擦《きぬず》れの音がやけに大きく響いた。静まり返った城の高い塔の上。誰に睦言《むつごと》を聞かれることもない。ただ深い森を渡る風の音が、二人の喘《あえ》ぎに混じる。

口付けだけで、パウルはすっかりとろとろになってしまった。反応が速くなっているようで恥ずかしい。乳首《ちくび》を舌先で転がされると、痛いほどに張り詰めてくる。

「一度、いきますか」

問われて、首を横に振る。

「お願い、一緒に」

懇願《こんがん》すると、背中に手を差し込まれ、ひっくり返されそうになる。パウルはその手に抗《あらが》った。

「いや……」

牟田はくすりと笑った。

「もうそれはいいんですよ」

「そうじゃなくて」

真っ赤になりながら、パウルは訴《うった》えた。

「楽でなくてもいいんです。あなたの顔が見えないのは嫌です」

そして詰《なじ》るように付け加える。

「シンは、僕の顔を見ていたくないんですか」

牟田は何かに耐えるように、じっと眉根を寄せている。

「困った人だ」

低く呟いて、牟田はパウルの太腿《ふともも》に手をかけた。

「そんなことを言われたら、余裕もなにも……っ」

赤く染まった目のふちが、獣《けもの》の熱を孕《はら》んだ。パウルの脚を割り開くなり、その狭間《はざま》に顔を埋《うず》めてくる。

——あ、出させられる。

一緒にと言ったのに、と抗議しようと身を起こしかけて、パウルはびくんと腰を跳ね上げた。

牟田の舌は、もっと後ろ、あの濡れない器官を湿らせていたのだ。ぞわっと肌《はだ》が粟《あわ》だった。

「やっ、そこは、いやだっ」

じたばたともがくのを、腰を高く抱《かか》え上《あ》げられて、さらに奥まで舐《な》められる。ぴちゃっと舌の鳴る音に、意識が飛びそうになる。じっさい、ちょっとの間気が遠くなっていたらしい。

頬をぴたぴたと軽く叩かれて、薄く目を開けた。

「顔を、見たいんでしょう」

荒くなる息を懸命《けんめい》にひそめて、牟田は言う。

「私がどれだけイイか。ちゃんと見ていてください」

すでにそこにあてがわれていたものに、力がこもる。びりっと電流のような刺激が背中まで走り抜けた。

「い、痛……っ」

泣き言が漏《も》れてしまった。この間よりきつい。唾液《だえき》と分身のぬめりで、そこはぬるぬるしているのに。

やはりこの体勢は具合が悪いのだろうか。いや、牟田のものが、あのときより大きいような気もする。

「……無理？」

パウルは夢中で首を振った。やめてほしくない。二人の心を隔《へだ》てるものが一切なくなった今、彼を拒むようなことはしたくなかった。

「ちが……、いい、と、言ったんです」

なぜか牟田の方が泣きそうな顔になる。

「お願い。もっと……」

ひくっと喉が鳴る。

本当は怖い。

先端を収めただけで、そこはずきずきと脈うっている。一度はできたのだから、と頭ではわかっていても、からだが後ずさりしてしまう……。

髪を指で梳《す》くように撫でられた。

「ゆっくり、しましょう。たっぷり時間はある。邪魔は入らないんだから」

先端を埋めたまま、牟田は痛みに萎《な》えたパウルの雄《オス》へと手を伸ばしてきた。温かい指が、くすぐるように裏筋を擦《こす》る。

「あ……」

それだけで、ひくっと幹が震える。悦《よろこ》びの証《あかし》が先端の小さな穴にぷわりと膨《ふく》らんで、つつっと零《こぼ》れるのがわかった。その雫《しずく》を指にからめ、牟田は丹念な愛撫《あいぶ》を施《ほどこ》す。

前が昂《たか》ぶってくるにつれて、後ろの緊張が緩《ゆる》む。じわっと襞《ひだ》が押し広げられた。前への刺激に喘《あえ》ぐ呼吸に合わせて、牟田は気が遠くなるほどじりじりと進んでくる。

「う……ううっ……ん」

いつしか、押し出される声に艶《つや》めいた響きが混じり始めた。

くちゅくちゅと淫《みだ》らな水音は、牟田と繋《つな》がっているところからか、露《つゆ》を零す先端からなのか。ひと息入れるように牟田が動きを止めたとき、パウルは霞《かす》む目を瞠《みは》って、牟田の顔を見上げた。凛々《りり》しい眉がきゅっと引《ひ》き絞《しぼ》られて、いつもはきっちり後ろに撫で付けられている前髪が、乱れて額にかかっている。

彼を乱しているのは自分だ。

「シン、好き……」

パウルは手を伸ばして、その髪に触れた。熱に潤《うる》んだような黒い瞳が見返してくる。

「……アイシテル」

きっとそれは「イッヒ・リーベ・ディッヒ」を意味するのだろう。こくっと唾《つば》を呑《の》んで、パウルは自分からたくましい背に手を回し、引き寄せた。結合が深くなって、ずんと奥まで牟田自身が来る。

「……！」

パウルは声もなく、牟田の首にしがみついてうち震えた。牟田がいくときの顔を、見ることはできなかった。

＊＊＊＊＊

「麗《うるわ》しの五月」という言葉そのものの、よく晴れた朝だった。

牟田《むた》はすでに部屋を出ている。パウルは寝過ごしてしまった。勤勉さにかけては日本人とドイツ人はいい勝負だというが、これではかなり負けている気がする。

前夜、「明日は大切な日だから」と抗《あらが》ったのに、結局負けて抱かれてしまった。このごろの牟田には、最初のときのような遠慮《えんりょ》がない。

ひとつには「新居」のせいもあるか、と思う。

嬉しいことばかりだから文句を言う筋ではないけれど、牟田はどうも、パウルに内緒でことを運ぶ傾向がある。

牟田はいつのまにか、使用人たちの寮とは別に小さな家を森の中に建《た》てていた。白雪姫と七人の小人が暮らしたような、素朴《そぼく》な田舎家《いなかや》だ。目に留まってはいたけれど、てっきりホテルの別館として、童話のような趣向を喜ぶ家族客でも入れるのかと思っていた。そこが二人の愛の巣だとは、引っ越しの日まで知らなかった。

新居はホテルからも寮からも二百メートルは離れているから、プライバシーは完全に守られる。使用人やホテルの客を気にしなくていいのだ。

昨夜の乱れようを思い出して、からだが火照《ほて》ってきた。

牟田はいくら激しく愛を交わしても、翌朝にはけろりとしている。日本人は変態だという認識は改めたが、スタミナがあるのは間違いない。

パウルは妄念《もうねん》を振り払い、身支度《みじたく》を急いだ。今日は最初の客を正装して迎えることになっている。

フォーマルなスーツにアスコットタイ、タイピンは牟田に贈《おく》られた真珠《しんじゅ》を使った。鏡に映《うつ》った自分の姿は、欲目かもしれないが少し大人びて見える。

玄関を出て、犬小屋のロティに声をかけ、石畳《いしだたみ》の小道をホテルへ向かう。裏口から入り、まず台所に顔を出した。

「モルゲン、ハンナ」

ハンナも、今日は真っ白なエプロンをつけて晴れがましい様子だ。少女のように、ぱちんと顔の前で手を打ち合わせる。

「まあ、ぼっちゃま。そのタイもタイピンもよくお似合いで」

使用人の間で、牟田が「だんなさま」として定着してしまって、いつのまにかパウルは「ぼっちゃま」に逆戻りしているのが、いささか癪《しゃく》に障《さわ》る。

「シンは」

「鏡の間にいらっしゃいますよう」

忙しそうに太った体を揺すり、ハンナは食料庫に降りていった。

薬師寺《やくしじ》と牟田は最後の打ち合わせに余念がなかった。いくらシミュレートを重ねても、心配は尽きないのだ。

パウルはそっと忍び寄り、牟田の背をとすっと突いた。

「起こしてくれればよかったのに」

「主役の登場は最後でいいんだ」

ちょっと頭を引き、ほれぼれと目を細める。

「なかなか絵になる看板だな」

そう言う牟田も、堅苦《かたくる》しいほどのスーツがきまっていて、堂々たるオーナーぶりだ。見つめているとゆうべの熱が戻ってきそうで、パウルは薬師寺の方に話を振った。

「今日、一番早く着く予定なのは、日本からの個人客だったよね？　かなり年配のご夫婦だそうだけど」

薬師寺はすらすらと答えた。

「前波《まえなみ》ご夫妻ですね。会社を興《おこ》したばかりのとき結婚されて、ハネムーンをなさらなかったとかで。長年苦楽をともにしてこられた奥さまへの感謝の気持ちで、この旅を計画なさったのだそうです」

牟田が横から口を挟《はさ》む。

「瑠璃《るり》の間の栄《は》えある最初の宿泊客でもあるんだ」

パウルは深くうなずいた。

「ふさわしいカップルで、僕も嬉しいです」

薬師寺はよどみなく説明する。

「チェックインは原則午後二時となっていますが、このお二人については高齢《こうれい》のうえに海外旅行が初めてで、早く宿に落ち着きたいというご希望で、昼ごろにはご到着になります。ハンナが軽いお昼をお部屋の方に運ぶことになっています」

秘書だったときと同じように、行き届いた手配りである。手柄顔《てがらがお》もしないあたり、見上げたものだ。このぶんでは、近い将来、ヘルムートのお株を奪ってしまいそうだ。

牟田は、一ホテルのオーナーである自分にはもう秘書は必要はないからと、薬師寺には東都《とうと》グループの秘書室に戻ることを勧めたのだ。しかし薬師寺は、秘書としてではなくても、牟田のそばで働くことを選んだ。今はヘルムートの仕込みよろしきを得て、執事《しつじ》ならぬ立派なホテルマンに転身しつつある。

牟田は嘆息《たんそく》した。

「その後が大変だ。家族旅行が三組に、女子大生とOLのグループ旅行が全部で五組。……若い女性客はみんな日本人だから、ちょっと心配だな」

「日本からの若い女性客が多いのはコンセプトどおりで、歓迎すべきことだよね？」

それはそうだがと呟いて、牟田は難しい顔をした。

「連中が君の王子さまぶりを見たら、ほっとかないんじゃないかな、と」

「大丈夫。あしらい方は仕込まれたから」

牟田が顔を赤くしているのを尻目《しりめ》に、パウルは帳場を後にした。

やはり、初めての客を迎えるとなると落ち着かない。パウルは瑠璃の間に上がってみた。

古い書きもの机は新居に移されて、女性客のためのドレッサーが入っているほかは、調度はそのままだ。

牟田が手に入れてくれた聖家族の絵も、壁にかかっている。

パウルはその絵の前に立ち、瞑目《めいもく》した。

——ゴルトホルンの再出発を、どうか見守っていてください。

瞼《まぶた》の裏には、聖家族の姿に重なって、亡き父母の笑顔が浮かんでいた。

ゆっくりと階段を降り、そのまま城内を一巡《いちじゅん》する。

メイドたちが毎日せっせと磨《みが》き上《あ》げているのだから、瑕《きず》のあろうはずはないけれど、パウルはすべてをもう一度点検せずにはおられなかった。

「車が敷地内に入って参りました！」

薬師寺が螺旋《らせん》階段を駆け下りてきて告げた。若いころに比べ、いくぶん足が弱くなったヘルムートに代わって、薬師寺は塔の小窓から客の到着を見張っていたのだ。

孔雀石《くじゃくいし》の床の上に、パウルは牟田と並んで立った。

ここでこの人を迎えた日がずいぶん昔のことのように思える。屈辱《くつじょく》に震え、弱味を見せまいと精一杯《せいいっぱい》気を張って、日本からの簒奪者《さんだつしゃ》を待った。

今はゴルトホルンを共有し、人生を共に歩むその人を。

車が玄関に止まる音がした。ヘルムートと若いフロントマンがさっとドアを開け、シュロスホテル・ゴルトホルンへの最初の客を招き入れる。

ふわふわした銀髪の柔和《にゅうわ》な顔をした老婦人と、若いころはさぞいかつい風貌《ふうぼう》だったと思われる老人がホールに歩み入ってきた。牟田にわき腹を小突かれて、パウルは進み出た。思い切り気取って手を差し伸べる。

「当主のヒルシュヴァルト侯爵《こうしゃく》です。ようこそ、私どもの城へ」

覚えたてのたどたどしい日本語で挨拶《あいさつ》すると、老女は目を輝かせ、皺《しわ》が深く刻まれた頬を染めた。

「まあ。本物の王子さまのようだわ……」

牟田は胸を張って宣言した。

「本物ですとも。このホテルにまがいものは何ひとつありません」

あとがき

いつき朔夜

こんにちは、いつき朔夜《さくや》です。

文庫ではお久しぶりです。

昨年出る予定だった『初心者マークの恋だから』が諸般《しょはん》の事情により遅れまして、間隔《かんかく》が開いてしまいました。そちらも九月に出る予定ですので、よろしくお願いいたします。

さて、既刊の『ウミノツキ』では、タイに行ったこともないのに、臆面《おくめん》もなく「タイ・里帰り編」を書きました。

今回はドイツが舞台、実体験あり、です。

いつきはずっと昔、家族とともにドイツで暮らしていたことがあります。オランダ・ベルギーとの国境にほど近い、アーヘンという歴史のある町で、一年ばかりの滞在でしたが、それは楽しい日々でした。このお話は、そのころを思い出して書いたのです。読者の皆さまには、ひと昔前のドイツの雰囲気《ふんいき》を楽しんでいただけたらと思います。

作中でご紹介した「いばら姫の城」と呼ばれるザバブルク城には、シーズンオフに泊まりに行きました。残念ながら予算の関係で「塔の部屋」は無理でしたが、普通のお部屋でも、古城のロマンは満喫《まんきつ》することができました。ここに本物の王子さまがいてくれたらなあ、というそのときの思いが、パウルを生み出したわけです。

ほかにもロマンチックな思い出がたくさん……と言いたいところですが、根が食いしん坊なので、頭に浮かんでくるのは食べるもののことばかりです。

ドイツときたら、まずハム・ソーセージ。ハムは「シンケン」、ソーセージは「ヴルスト」と言います。でも日本のハム・ソーセージとは感覚が違います。なにしろ種類が多いのです。特にヴルストは、材料や製法だけでなく、用途の上でも多種多様。焼いて食べるもの、ゆでて食べるもの、煮込み料理に使うもの。朝食用（午前中にしか食べない）のヴルスト、なんてものまであるのですから。

種類が多いといえば、ビールもそうです。スーパーの棚《たな》ひとつぶん、すべて違う銘柄《めいがら》のビールで埋《う》まっていたりします。

「マルツビア」という、黒っぽくて甘いビールもありました。たぶんノンアルコールか、度数がごく低いもので、女性用・子供用とされていました。

コーヒーは「子供には良くない」と禁じられているのにビールはOKって、何だか釈然《しゃくぜん》としませんでした。でも、牟田《むた》のセリフではありませんが、「郷に入っては郷に従え」です。私もマルツビアはよく飲みました。

甘口に対して辛口《からくち》は「ドライ」ですね。ドイツ語では「トロッケン」と言います。この「トロッケン・ビア」では、父が大失敗をやらかしました。

旅行に行った先で、地元民ばかりが利用するような家庭的なレストランに入ったときのことです。

父がメニューを見て「トロッケン」と注文すると、ウエイターは眉《まゆ》を吊《つ》り上《あ》げ、他のお客さんたちも何やらざわつきました。そして、運ばれてきたジョッキに父が口をつけるのを、「固《かた》唾《ず》を呑《の》む」といった感じで見ているのです。

ぐいっと呷《あお》った父は、次の瞬間、目を白黒させて咳《せ》き込《こ》みました。

「辛口」などという言葉では形容できないほどで、まるで液体化した渋柿のようだったそうです。地元の人々は、東洋人の旅行者が癖《くせ》の強い地ビールを本当に飲めるのかどうか、興味津々《しんしん》だったというわけです。

辛いお話の次は、甘いお話を。

ケーキというとフランス菓子のイメージが強いですが、ドイツのケーキもなかなかです。繊《せん》細《さい》さや優美さはないものの、素朴《そぼく》でどっしりしていて食べごたえがあります。

ただ、町のカフェでケーキを注文すると、山のように生クリームをのっけてよこすのが困りものでした。

「ニヒト・ミット・ザーネ（クリームはつけないでね）」と念を押すのですが、必ず「ミット

・ザーネ（クリームつけるでしょ）？」と訊《き》き返《かえ》されるのです。いやが上にも甘くするのがサービスということになっているらしく、「甘さ控《ひか》えめ」が売り文句の日本のスイーツ事情とは正反対です。
私たち一家が特に好きだったのは、ご近所の小さなケーキ屋さんで焼いている「ザッハトルテ」でした。

けっこうアバウトな菓子職人さんらしくて、毎日微妙に膨《ふく》らみ加減が違います。「今日はやけにアルコールが効いてるなあ」と思うと、その部分だけに洋酒が偏《かたよ》っていたりとか。でも、どっしりざっくりしたチョコスポンジと、滑《なめ》らかなチョコレートの下のじゃりっと固まった砂糖の甘さ、その下に忍《しの》ばせたアンズジャムの酸味が絶妙のバランスで、いくら食べても飽《あ》きませんでした。

日本に帰ってからも、あの味が忘れられず、ザッハトルテを置いてある店が見つかると、必ず試したものです。でも、同じ味にはまだ巡《めぐ》り会《あ》えないでいます。

チョコとジャムについては、かなり満足のいくものもあるのですが、どれも私の記憶にあるものよりスポンジのきめが細かくて、なんだか物足りません。

考えてみれば、ザッハトルテはウイーンが本家です。きっと日本の高級洋菓子店の味は、本場のそれのように洗練されているのでしょう。ですが、ドイツの名もない店で、職人さんが自己流にアレンジしたアバウトな味こそが、私にとっては最高のザッハトルテなのです。

さて、今回も多くの方々のお力添えを得て、私なりの「夢の城」を形にすることができました。編集部をはじめ新書館の皆さま、本当にお世話になりました。

そして、お忙しい中、イラストを引き受けてくださった金《かね》ひかる先生。パウルと牟田を、古城の持つ独特の空気感を、作者のイメージ以上に魅力的に描いていただきまして、ありがとうございました。

最後に、この本を手にとってくださった皆さま、ありがとうございます。拙《つたな》い作品ですが、率直な感想をお聞かせいただければ、いっそう感謝し、精進《しょうじん》いたします。

願わくは、ゴルトホルンが読者の皆さまにとっても心ときめく「夢の城」となりますように。

D E A R + N O V E L

征服者は貴公子に跪く《せいふくしゃはきこうしにひざまずく》

この本を読んでのご意見、ご感想などをお寄せください。
いつき朔夜先生・金ひかる先生へのはげましのおたよりもお待ちしております。
〒113-0024　東京都文京区西片2-19-18　新書館
[編集部へのご意見・ご感想] ディアプラス編集部「征服者は貴公子に跪く」係
[先生方へのおたより] ディアプラス編集部気付　○○先生

初　出
征服者は貴公子に跪く：小説DEAR+ 08年ハル号（Vol.29）
貴公子は騎士に護られる：書き下ろし

新書館ディアプラス文庫

著者：**いつき朔夜** [いつき・さくや]
初版発行：**2009年 7 月25日**

発行所：株式会社**新書館**
[編集]　〒113-0024　東京都文京区西片 2-19-18　電話(03)3811-2631
[営業]　〒174-0043　東京都板橋区坂下 1-22-14　電話(03)5970-3840
[URL]　http://www.shinshokan.co.jp/
印刷・製本：**図書印刷株式会社**

定価はカバーに表示してあります。乱丁・落丁本はお取替えいたします。
ISBN978-4-403-52218-5

S H I N S H O K A N

✤篠野 碧《ささや・みどり》
だから僕は溜息をつく イラスト みずき健
BREATHLESS 続・だから僕は溜息をつく イラスト みずき健
リゾラバで行こう！ イラスト みずき健
プリズム イラスト みずき健
晴れの日にも逢おう イラスト みずき健

✤新堂奈槻《しんどう・なつき》
君に会えてよかった①〜③ イラスト 蔵王大志 (※③定価630円)
ぼくはきみを好きになる? イラスト あとり硅子
one coin lover イラスト 前田とも
タイミング イラスト 前田とも

✤菅野 彰《すがの・あきら》
眠れない夜の子供 イラスト 石原 理
愛がなければやってられない イラスト やまかみ梨由
17才 イラスト 坂井久仁江
恐怖のダーリン♡ イラスト 山田睦月
青春残酷物語 イラスト 山田睦月
なんでも屋ナンデモアリ アンダードッグ①② イラスト 麻生 海

✤菅野 彰&月夜野 亮《すがの・あきら&つきよの・あきら》
おおいぬ荘の人々 全7巻 イラスト 南野ましろ (※②定価620円)

✤砂原糖子《すなはら・とうこ》
斜向かいのヘブン イラスト 依田沙江美
セブンティーン・ドロップス イラスト 佐倉ハイジ
純情アイランド イラスト 夏目イサク (※定価651円)
204号室の恋 イラスト 藤井咲耶
言ノ葉ノ花 イラスト 三池ろむこ
恋のはなし イラスト 高久尚子
虹色スコール イラスト 佐倉ハイジ
15センチメートル未満の恋 イラスト 南野ましろ

✤篁 釉以子《たかむら・ゆいこ》
パラリーガルは競り落とされる イラスト 真山ジュン

✤たかもり諫也(魔守諫也 改め)《たかもり・いさや》
夜の声 冥々たり イラスト 藍川さとる
秘密 イラスト 氷栗 優
咬みつきたい。 イラスト かわい千草

✤玉木ゆら《たまき・ゆら》
元彼カレ イラスト やしきゆかり
Green Light イラスト 蔵王大志

ご近所さんと僕 イラスト 松本 青

✤月村 奎《つきむら・けい》
believe in you イラスト 佐久間智代
Spring has come! イラスト 南野ましろ
step by step イラスト 依田沙江美
もうひとつのドア イラスト 黒江ノリコ
秋霖高校第二寮 全3巻 イラスト 二宮悦巳
エンドレス・ゲーム イラスト 金ひかる (※定価683円)
エッグスタンド イラスト 二宮悦巳
きみの処方箋 イラスト 鈴木有布子
家賃 イラスト 松本 花
WISH イラスト 橋本あおい
ビター・スイート・レシピ イラスト 佐倉ハイジ
秋霖高校第二寮リターンズ①② イラスト 二宮悦巳

✤ひちわゆか《ひちわ・ゆか》
少年はKISSを浪費する イラスト 麻々原絵里依
ベッドルームで宿題を イラスト 二宮悦巳
十三階のハーフボイルド① イラスト 麻々原絵里依 (※定価620円)

✤日夏塔子(榊 花月)《ひなつ・とうこ》
アンラッキー イラスト 金ひかる
心の闇 イラスト 紺野けい子
やがて鐘が鳴る イラスト 石原 理 (※定価714円)

✤前田 栄《まえだ・さかえ》
ブラッド・エクスタシー イラスト 真東砂波
JAZZ 全4巻 イラスト 高群 保

✤松岡なつき《まつおか・なつき》
【サンダー&ライトニング 全5巻】 イラスト カトリーヌあやこ
①サンダー&ライトニング
②カーミングの独裁者
③フェルノの弁護人
④アレースの娘達
⑤ウォーシップの道化師
30秒の魔法 全3巻 イラスト カトリーヌあやこ
華やかな迷宮 全5巻 イラスト よしながふみ

✤松前侑里《まつまえ・ゆり》
月が空のどこにいても イラスト 碧也ぴんく
雨の結び目をほどいて イラスト あとり硅子
空から雨が降るように 雨の結び目をほどいて② イラスト あとり硅子
ピュア1/2 イラスト あとり硅子
地球がとっても青いから イラスト あとり硅子
猫にGOHAN イラスト あとり硅子
その瞬間、ぼくは透明になる イラスト あとり硅子
籠の鳥はいつも自由 イラスト 金ひかる
階段の途中で彼が待ってる イラスト 山田睦月
愛は冷蔵庫の中で イラスト 山田睦月
水色ステディ イラスト テクノサマタ
空にはちみつムーン イラスト 二宮悦巳
月とハニーベア イラスト 二宮悦巳
Try Me Free イラスト 高星麻子
星に願いをかけないで イラスト あさとえいり
リンゴが落ちても恋は始まらない イラスト 麻々原絵里依
カフェオレ・トワイライト イラスト 木下けい子
プールいっぱいのブルー イラスト 夢花 李
アウトレットな彼と彼 イラスト 山田睦月
ピンクのピアニシモ イラスト あさとえいり
パラダイスより不思議 イラスト 麻々原絵里依
もしも僕が愛ならば イラスト 金ひかる
春待ちチェリーブロッサム イラスト 三池ろむこ
コーンスープが落ちてきて イラスト 宝井理人

✤真瀬もと《まなせ・もと》
スウィート・リベンジ 全3巻 イラスト 金ひかる
きみは天使ではなく。 イラスト あとり硅子
背中合わせのくちづけ 全3巻 イラスト 麻々原絵里依

✤渡海奈穂《わたるみ・なほ》
太陽は夜に惑う イラスト 稲荷家房之介
上海夜想曲 イラスト 後藤 星
熱情の契約 イラスト 笹生コーイチ
甘えたがりで意地っ張り イラスト 三池ろむこ
ロマンチストなろくでなし イラスト 夏乃あゆみ
神さまと一緒 イラスト 窪スミコ
マイ・フェア・ダンディ イラスト 前田とも
夢は廃墟をかけめぐる☆ イラスト 依田沙江美
さらってよ イラスト 麻々原絵里依
恋になるなら イラスト 富士山ひょうた
正しい恋の悩み方 イラスト 佐々木久美子
手を伸ばして目を閉じないで イラスト 松本ミーコハウス
ゆっくりまっすぐ近くにおいで イラスト 金ひかる
兄弟の事情 イラスト 阿部あかね

<ディアプラス小説大賞>
募集中!

トップ賞は必ず掲載!!

賞と賞金

大賞・30万円
佳作・10万円

内容
ボーイズラブをテーマとした、ストーリー中心のエンターテインメント小説。ただし、商業誌未発表の作品に限ります。

・第四次選考通過以上の希望者には批評文をお送りしています。詳しくは発表号をご覧ください。なお応募作品の出版権、上映などの諸権利が生じた場合その優先権は新書館が所持いたします。
・応募封筒の裏に、**【タイトル、ページ数、ペンネーム、住所、氏名、年齢、性別、電話番号、作品のテーマ、投稿歴、好きな作家、学校名または勤務先】**を明記した紙を貼って送ってください。

ページ数
400字詰め原稿用紙100枚以内(鉛筆書きは不可)。ワープロ原稿の場合は一枚20字×20行のタテ書きでお願いします。原稿にはノンブル(通し番号)をふり、右上をひもなどでとじてください。なお原稿には作品のあらすじを400字以内で必ず添付してください。
小説の応募作品は返却いたしません。必要な方はコピーをとってください。

しめきり
年2回 1月31日/7月31日(必着)

発表
1月31日締切分…小説ディアプラス・ナツ号(6月20日発売)誌上
7月31日締切分…小説ディアプラス・フユ号(12月20日発売)誌上
※各回のトップ賞作品は、発表号の翌号の小説ディアプラスに必ず掲載いたします。

あて先
〒113-0024 東京都文京区西片2-19-18
株式会社 新書館
ディアプラス チャレンジスクール〈小説部門〉係